रतन टाटा
भारत का सच्चा देशभक्त

Translated to Nepali from the English version of Ratan Tata

देवजित भुइँ

Ukiyoto Publishing

सबै विश्वव्यापी प्रकाशन अधिकार द्वारा आयोजित छन्

Ukiyoto प्रकाशन

2024 मा प्रकाशित

सामग्री प्रतिलिपि अधिकार © देवजित भुयान

ISBN 9789367955840

सबै अधिकार सुरक्षित।
यस प्रकाशनको कुनै पनि अंश प्रकाशकको पूर्व अनुमति बिना कुनै पनि माध्यमबाट, इलेक्ट्रोनिक, मेकानिकल, फोटोकपी, रेकर्डिङ वा अन्यथा पुन: उत्पादन, प्रसारण, वा पुन: प्राप्ति प्रणालीमा भण्डारण गर्न सकिँदैन।

लेखकको नैतिक अधिकारलाई जोड दिइएको छ।

यो पुस्तक व्यापार वा अन्यथा, प्रकाशकको पूर्व स्वीकृति बिना, बाइन्डिङ वा कभरको कुनै पनि रूपमा यो जसमा छ त्यो बाहेक, उधारो, पुन: बिक्री, भाडामा वा अन्यथा वितरण गरिने छैन भनी सर्तमा यो पुस्तक बेचिन्छ। प्रकाशित।

www.ukiyoto.com

समर्पण

स्वर्गीय रतन टाटा र मेरी प्यारी पत्नी स्वर्गीय मिताली भुयानलाई समर्पित, जो स्वर्गीय रतन टाटा र उहाँको नैतिकता, मूल्यमान्यता र निष्ठाको ज्वलन्त प्रशंसक थिइन्।
लेखक

प्रस्तावना

विश्वप्रसिद्ध तथा प्रतिष्ठित उद्योगपति, मानवतावादी र राष्ट्रवादी रतन टाटा ८६ वर्षको उमेरमा स्वर्गारोहण भएका छन् । यो पुस्तक काव्यात्मक रूप मा उनको मृत्यु शोक गर्न पौराणिक कथा को एक सानो श्रद्धांजलि हो। एउटा कविताले संसारको जीवनको एक वर्षको प्रतिनिधित्व गर्दछ। यति अग्लो पौराणिक व्यक्तित्वको बारेमा केही पानामा लेख्न असम्भव छ, तर पनि रतन टाटा र भारत, विश्व र मानवताको लागि उहाँको योगदानको कदर गर्न मानिसहरूले मलाई माया र साथ दिनुहुनेछ भन्ने आशा गर्दछु।

देवजित भुइँ

10.10.2024

सामग्री

1. रतन टाटा, वास्तविक भारत रत्न — 1
2. अलविदा रतन टाटा — 2
3. रतन टाटा, भारत के सच्चा देशभक्त — 3
4. एक सच्चा मानव, रतन टाटा — 4
5. केहि पनि स्थायी छैन — 5
6. शून्य ब्यालेन्स खाता — 6
7. जब म मर्छु — 7
8. उमेर एक संख्या मात्र हो — 9
9. ठूलो साँढे — 10
10. विवाह को अस्वीकार — 11
11. विवाहको मृत्यु — 12
12. गलत प्रश्न — 13
13. समाधान कहाँ छ? — 14
14. म एक्लो छु, एक्लो छैन — 15
15. नकारात्मक मानिसहरूलाई बेवास्ता गर्नुहोस् — 16
16. कसैले पनि तपाईको सद्गुणलाई गपशप गर्नेछैन — 17
17. चिन्ता नगर्नुहोस्, प्रलयको दिन आउनेछ — 18
18. अन्तरिक्ष-समय — 19
19. मानव जीवनमा अनिश्चितता किन? — 20

20. सत्य र वास्तविकता को व्याख्या	21
21. धार्मिक अन्धोपन निको नभएसम्म युद्ध चल्नेछ	23
22. अन्धकारको वन	24
23. शुतुरमुर्ग मानसिकता	25
24. यो सहस्राब्दी	26
25. गिद्ध	27
26. मासको अफिम	28
27. यदि तपाइँ राजनीतिज्ञहरूलाई विश्वास गर्नुहुन्छ भने	29
28. यदि तपाईं नश्वर हुनुहुन्छ भने, यो राम्रो छ	30
29. गुरुत्वाकर्षण र घर्षणलाई पार गर्दै	31
30. घर्षण बिना जीवन	32
31. दोहोरो किनारा पीडा	33
32. दोसा बनाम समोसा	34
33. ड्रयागनफ्लाइ	35
34. भीड हिंसा	36
35. बंगलादेश जलिरहेको छ	37
36. सय ग्रामको महत्व हुन्छ	38
37. स्वर्ण जिब्न नसके पनि चिन्ता नगर्नुहोस्	39
38. तपाईलाई ईंटा चाहिन्छ	40
39. स्वतन्त्रता के हो	41
40. जय हिन्द	42

41. थप एक केटी बलात्कृत	43
42. हास्यास्पद खुलासाहरू	44
43. साधारण मानिसको लागि साँचो खुशीको चार चतुर्थांश	46
44. तपाईलाई बुढ्यौली मनपर्दैन	47
45. सबैले मूल्य तिर्नेछ	48
46. विना सङ्घर्ष उनीहरूले स्वतन्त्रता पाउने छैनन्	49
47. एक पंथ को झूटो प्रचार	50
48. शिक्षकको कुनै धर्म हुँदैन	51
४९. शिक्षण पेशाको ह्रास	52
50. शिक्षकहरूको लागि पनि घरबाट परोपकार सुरु हुन्छ	54
५१. गान्धीले ईश्वरलाई भने अल्लाह एउटै हो	55
52. अल्पसंख्यक समूह	56
53. राम्रो भोलिको लागि प्रविधि	57
54. ब्ल्याक बक्समा नबस्नु राम्रो	58
55. जहाँ मन डरले भरिएको हुन्छ	59
56. के गुवाहाटी जलिरहेको छ	61
57. गर्मी लहर	62
58. ग्लोबल वार्मिंग रोक्नको लागि प्रार्थना गरौं	63
59. नयाँ विचार सिर्जना गर्नुहोस्	64
60. मूल कारण विश्लेषण	65
61. सत्यलाई कसैले चुप लगाउन सक्दैन	66

62. आफ्नो योगदान साझा गर्नुहोस्	67
63. अक्टोबर क्रूरता	68
64. मानवताको लागि राम्रो कुरा भयो	69
65. धन्यवाद, भगवान,	70
66. के लेबनान एक सार्वभौम देश हो?	71
67. अचानक	72
68. म मेरो लागि ब्रह्माण्डको केन्द्र हुँ	73
69. स्वचालन मार्फत शान्ति	74
70. समय को डोमेन	75
71. एक लेखकले एक्लै शान्ति ल्याउन सक्दैन	76
72. सभ्यताको उदय र पतन	77
73. बोगीले मानवतालाई कल गर्दछ	78
74. शान्ति र मानवताका सिपाहीहरू	79
75. भारतको असमिया भाषा	80
76. आज मनाउनुहोस्, भोलि काम गर्नुहोस्	81
77. $W=mg$ विभिन्न धर्महरूको लागि फरक छैन	82
78. उहाँले (येशू) अन्धकारमा ज्योति देखाउनुभयो	83
79. गाजा र युक्रेन भग्नावशेषमा	84
80. हलाल होस् या गैर हलाल, स्वाद एउटै हुन्छ	85
81. धर्महरूलाई प्रारम्भिक सुधार आवश्यक छ	86
82. शान्तिको लागि को जिम्मेवार छ?	87

83. खुशीको पछि नलाग्नुहोस्	88
84. प्रेमिका	89
85. प्रेम	90
86. म चिन्तित छु, के तपाई?	91
लेखक लेखक	92

1. रतन टाटा, वास्तविक भारत रत्न

उहाँ महान दृष्टिका साथ एक उदार परोपकारी हुनुहुन्थ्यो
अन्तिम साससम्म जनता र राष्ट्रको सेवा गरे
सधैं समाधानको साथ जीवनको गुणस्तर सुधार गर्ने प्रयास गर्नुहोस्
नाफाको उद्देश्यले उनको विचारलाई हाइबरनेशनमा धकेल्दैन
बस चढ्नका लागि पानीमा भिज्दै गरेको जोडीलाई हेर्दै
उनको नवीन दिमागले नानो कार सुरु गर्‍यो, हाम्रो गौरव
सयौं क्यान्सर अस्पतालहरूले उनको हृदयको दया देखाए
दूरदृष्टिको कारणले मात्रै ग्रामीण भेगका अस्पतालहरू छिट्टै सुरु हुन्छन्
नाफा र विस्तारभन्दा माथि सोच्ने उद्योगी
हरेक मानव समस्याको लागि उसले सधैं अनुकूल समाधान निकाल्छ
Covid19 अवधि मानवजाति र व्यापार जगतका लागि चुनौती थियो
तर मानवीय स्पर्शले उसले आफ्नो सम्पूर्ण औद्योगिक साम्राज्यलाई उजागर गर्छ
शून्य उत्पादन समयमा पनि कुनै छटनी, कुनै कटौती छैन
भारतको वास्तविक भारत रत्न, उनी सधैं चम्किनेछन्।

2. अलविदा रतन टाटा

पति वा सन्तान बिनाको पूर्ण पुरुष

तर उनको परिवार तितो थियो, उनका सम्पूर्ण वफादार कर्मचारीहरू

सेवा र उत्पादनहरूको ग्राहकलाई आफ्नो नैतिकता थाहा छ

उसको लागि राष्ट्र र जनताको सेवा गर्नु थियो

लाखौं कमाएर पनि उनले सादा जीवन बिताए

भारतमा उद्यमी बनाउने साँचो गहना मध्ये एक

उनको पदचिह्न उद्योगमा मात्र नभई जनताको मनमा रहनेछ

महान हृदय र मानवता को लागी माया संग संसार को एक सच्चा नायक

उहाँ अब एक पौराणिक कथा र व्यापार नैतिकता र अखण्डता को प्रतीक हुनुहुन्छ

सज्जन भनेको भद्र मानिसले जे गर्छ त्यो राटा टाटा हो

चर्को गर्मीले देश र जनता टा–टा भन्दै अलविदा भइरहेका छन् ।

3. रतन टाटा, भारत के सच्चा देशभक्त

नाम पर्याप्त छ, कुनै उद्धरण आवश्यक छैन

उनको सम्पत्ति भारतको संकल्पमा उनको भरोसा थियो

चाहे तपाईं एक कप चिया वा कफी वा दही पेय पिउनुहुन्छ

भारतमा जतातततै उनको नाम सोच्न सकिन्छ

आफ्नो गन्तव्यमा कार चलाउँदा वा आकाशमा उडान गर्दा

जीवनको हरेक क्षेत्रमा रतन टाटाको योगदान छ

दुर्गम गाउँका गरिब बिरामीले अब क्यान्सरको उपचार गर्न पाउने भएका छन्

केही समयअघि गरिबको लागि क्यान्सर उपचार जीवन विस्थापन थियो

टाटा उदारता र दयालु हृदय भएका परोपकारी थिए

उनले सुरु गरेका परियोजनाहरूलाई मानिसहरूले सम्मान र समर्पित रूपमा काम गर्छन्

भारतीय जीवनको क्षेत्रमा, उनी एक औद्योगिक टाइकुन भन्दा बढी थिए

उसको आत्मा मनसुन जस्तै देशभर फैलिएको छ

राष्ट्र निर्माणका यी सच्चा निर्मातालाई सबैले सम्मान गरिरहेका छन्

भविष्यमा कठिन दिनहरूमा उहाँको आदर्शले हामीलाई प्रेरणा दिनेछ।

4. एक सच्चा मानव, रतन टाटा

उनी उद्योगी र व्यापारी मात्रै थिएनन्
मानवीय मूल्यमान्यता, इमानदारी, नैतिकताले उहाँ मानव हुनुहुन्थ्यो
इमानदारी, निष्ठा, नैतिकता र मूल्यमान्यता, टाटा साम्राज्यको स्तम्भ
यही कारणले गर्दा टाटालाई दुवै गोलार्धमा सम्मान गरिन्छ
लगानीकर्ताको पैसा जोगाउनु उनको लक्ष्य हुन सक्छ
तर भारतको विकास उहाँको आत्मामा सदैव छ
टाटा समूहको कठिन दिनहरूमा, उनी उत्कृष्ट कप्तानको रूपमा प्रमाणित भए
नवीनता र स्थिरता संग, उनले समाधान इन्फ्युज गरे
टाटा समूहका हरेक परिवारका सदस्य अहिले रोइरहेका छन्
उनको सम्झनामा सडकका कुकुरहरूले पनि खेल्न छोडे
"कुकुर-फ्याक्स-गधाको आत्मा राम हो" को वास्तविक र सच्चा अनुयायी
भारत र विश्वमा उनका लाखौं अनुयायीहरूले उनलाई सम्झनेछन्
यद्यपि उहाँ छयासी वर्षको उमेरमा स्वर्गीय निवासको लागि प्रस्थान गर्नुभयो
तर उनको उपलब्धिले उनको दीर्घायु, लाखौं आँखाले आँसु बगाएको छ।

5.केहि पनि स्थायी छैन

जीवनमा केहि पनि स्थायी हुँदैन

सबै कुरा क्षणिक, अस्थायी छन्

मेरो प्यारो घर, मेरो प्यारो विद्यालय

मैले धेरै पछि छोडे, सम्झना मात्र बाँकी छ

प्यारो कलेज, एक दिन रोएर छोडिदिएँ

स्कूलका सबै मिल्ने साथीहरू हराए

बुबा, आमा, काका सबै बेपत्ता भए

हाम्रो प्यारो कुकुर र बिरालो को केहि पुस्ता देखा पर्‍यो

सबै कुरा क्षणिक थाहा पाउँदा पनि

मानिसहरूले सोच्छन् कि म मर्ने छैन, र सधैंभरि बाँच्नेछु

आफ्नो सम्पत्ति र पैसा अस्सीमा पनि बाँड्न चाहँदैनन्

समाजका लागि सबै चाहन्छन्, तर दिन डराउँछन्

लोभ र अभिलाषाले मानव मनोवृत्ति र चरित्रलाई कहिल्यै अन्त्य गर्दैन

हरेक पाइलामा मुनाफा कमाउनु मानवको मिशन र चार्टर हो

छिट्टै म पनि मर्छु भन्ने बुझेर जीवनलाई स्मार्ट बनाउन सक्छु।

6. शून्य ब्यालेन्स खाता

तपाईलाई जीवन एक फिक्स्ड डिपोजिट खाता हो जस्तो लाग्न सक्छ

वा तपाईंको लागि, जीवन बचत बैंक खाता हुन सक्छ

तर वास्तविकता यो हो कि जीवन शून्य ब्यालेन्स चालू खाता हो

अन्त्यमा तपाईले बचत गर्नुभयो भने पनि, कसैले रकमको मजा लिनेछ

तपाईंको मृत्यु संग, उम्मेदवारहरू धनी र धनी हुनेछन्

तिनीहरूको व्यवहार र जीवनशैली पूर्ण रूपमा फरक हुनेछ

तपाईको मेहनतले कमाएको पैसाको ब्याज बढ्न रोकिनेछ

मृतकको खातामा पैसा आउन सक्दैन

शून्य हुनु अघि आफ्नो शून्य ब्यालेन्स पैसाको आनन्द लिनुहोस्

यदि तपाईंसँग पर्याप्त खाता छ भने, नायक जस्तै जीवन बिताउनुहोस्

तपाईलाई खाना र स्वास्थ्य हेरचाहको लागि आवश्यक जति मात्र बचत गर्नुहोस्

तपाईको लागि, तपाईको नाममा ताजमहल बनाउने सम्भावना कम छ

त्यसकारण, आफ्नो जीवनमा बाँच्दा सधैं निष्पक्ष रहनुहोस्।

7. जब म मर्छु

म मरेपछि कोही रुन्छ

कोही लजालु बन्न सक्छन्

आँसु बहाउन, कसैले प्रयास गर्न सक्छ

कफिन छोडेर, कोही उड्नेछ;

तर मेरो लागि केहि पनि महत्त्वपूर्ण छैन

सांसारिक कुराबाट मुक्त हुनेछु

न अपमान, न सम्मान, म देख्न सक्छु

मेरो आफ्नै अहंकार र आत्मसम्मानलाई चोट पुर्याउन सक्दैन

मात्र फरक यात्रा, अरु सुरु हुनेछ

यदि म कुनै इच्छा वा इच्छा बिना धनी छु

मेरो धन, कसैले चोर्न खोज्छ

अरूलाई देखाउन, तिनीहरूले खाना छोड्छन्

अन्त्येष्टि प्रार्थनामा, तिनीहरूले जोस देखाउनेछन्

मानिसहरूले अनुष्ठान पर्वको प्रशंसा गर्नेछन्

कसैले टिप्पणी गर्नेछ, भेडा करी उत्तम छ

धेरैले भन्नेछन्, नदीको माछा राम्रो स्वाद छ

तर मरेपछि मलाई केही फरक पर्दैन

मेरो लागि अनुष्ठान गर्नु भनेको मानिसको आस्था मात्र हो
मलाई थाहा छैन मेरी आमाले जन्माएकी थिइन्
मेरो प्रस्थान संग, मेरो पिडा पनि हराउनेछ।

8. उमेर एक संख्या मात्र हो

जब तपाईं अस्सी माथि पुग्नुहुन्छ, उमेर एक नम्बर बन्छ

अगाडी नजाँदा पनि कसैलाई दिक्क लाग्दैन

तपाईं अस्सी वा नब्बे वर्षमा मर्नु कुनै अर्थ छैन

नब्बे पछि तपाई सामाजिक हुनुहुन्न

घर बाहिर निस्कन गाह्रो र व्यावहारिक हुनेछैन

ओछ्यानमा पर्नुअघि नै मृत्यु भयो भने परिवार खुसी हुनेछ

पक्षाघात र डिमेन्सिया पछि भगवान निषेध गर्नुपर्छ

पचासी वर्षपछि एक्कासी मर्नु बढी सहज हुन्छ

सबैले तिम्रो प्रशंसा गर्नेछन् कि तिमी कहिल्यै बोझ नबनौ

अस्सी पछि, कुनै योगदान बिना उमेर संख्या हुनेछ

अस्सी होस् वा नब्बे होस् वा सय, म विभेद भेट्दिनँ

संख्या धेरै भए पनि, प्रस्थान पछि कसैको लागि कुनै मूल्य छैन

यदि तपाईंको जवान उपस्थिति, परिवार र साथीहरूलाई सम्झना छ भने राम्रो।

9. ठूलो साँढे

ठूला गोरु सामान्यतया वधशालामा मर्छन्
जालमा बोसो र स्वस्थ मुसा मर्छन्
चाहे राकेश झुनझुनवाला होस् या हर्षद
कसैको लागि मृत्यु वा मानिसहरूलाई चिन्ता छैन
स्टीव जब्स वा लेडी डायना अपवाद होइनन्
प्रस्थान रोक्न, पैसाले समाधान दिन सक्दैन
अनिश्चितता सिद्धान्तले पनि भविष्यको भविष्यवाणी गर्न सक्दैन
जुनसुकै बेला, जहाँ पनि, तपाईको नयाँ टायर पनि फुट्न सक्छ
भोलि तपाईको नगदको बारेमा धेरै चिन्ता नगर्नुहोस्
ऋण लिनु परे पनि आज परिवारसँग रमाइलो गर्नुहोस्
आज प्रेम गर्नुहोस् र यसलाई अहिले व्यक्त गर्नुहोस् यदि तपाईं ठूलो साँढे भए पनि
यदि तिमीले यी चीजहरू भोलिको लागि राख्यौ भने, तिमी ठूलो मूर्ख छौ।

10.विवाह को अस्वीकार

यो साइबर युग हो

मानिसहरू विवाहलाई मन पराउँछन्

सँगै बस्नु राम्रो हो

साथीको मात्र कुरा हो

बच्चा एक दायित्व हो

पुरुष प्रजनन क्षमता घट्दै जान्छ

लेस्बियन जोडी अब वर्जित छैन

समलिङ्गी जनसंख्या जंगली बाँस जस्तै बढ्दै छ

यो संसारले जनसंख्या वृद्धि कायम राखेको छ

विकसित देशहरूको लागि, कार्यबल मूल्यवान छ

अधिक र अधिक मानिसहरू घरपालुवा जनावर संग खुसी छन्

घरबाहिर मानिसहरु डेट गर्न मात्र रुचाउँछन्

एआईले अब साथीको रूपमा राम्रो रोबोटहरू दिइरहेको छ

पुरानो सामाजिक व्यवस्था जोगाउनुको विकल्प छैन

एक दिन सभ्यता आफ्नै भारमा पतन हुनेछ

त्यतिन्जेल, विवाह बचाउन कोही-कोही कट्टरपन्थीहरू लड्नेछन्।

11. विवाहको मृत्यु

वृद्धावस्थामा विवाह सहवासका लागि थिएन
विवाहले मानवलाई संरचित तरिकाले गुणन गर्ने थियो
बिस्तारै विवाह पारिवारिक जीवनको केन्द्र बन्यो
परिवारको मूल भाग विपरीत लिङ्गी पति र पत्नी थिए
र यसरी, सभ्यता जारी र प्रयास पनि
वैवाहिक सम्बन्धबाट टाढा रहनु अपवित्र मानिन्थ्यो
अविवाहितलाई त्यही अनुसार नरकमा धकेलिन्छ
संत र ऋषिहरू मात्र अविवाहित रहे
उनीहरुलाई ज्ञानी र समाजको मित्र मानिन्थ्यो
कालीन मुनि राखिएको भिक्षु र ऋषिहरूको यौन जीवन
विवाहित महिलाको कर्तव्य बच्चाको टोकरी भर्नु हो
कुनै पनि पाठेघर खाली नहोस् भनेर हेरचाह गर्नु पुरुषको काम हो
किशोरावस्थापछि तुरुन्तै केटीहरू विवाह गर्न बाध्य थिए
शिक्षा र आर्थिक सशक्तिकरणले महिलाहरू अहिले साहसी भएका छन्
उनीहरूलाई विवाह र समातेर दासत्वमा धकेल्न गाह्रो छ
हरेक शताब्दी बित्दै जाँदा विवाहको भविष्य अनिश्चित छ
तैपनि आजको विवाहको मृत्यु कोही पनि समाजशास्त्रीले लेख्न सक्दैनन् ।

12. गलत प्रश्न

बिरालोको घण्टी कसले बजाउने
गलत प्रश्न थियो
पुरानो मुसाहरू यथास्थितिमा प्रयोग गरिन्छ
तिनीहरूमा नवीनता र नयाँ विचारहरूको कमी छ
अधिकांश समय समस्याको अंश हो
ब्ल्याक बक्स खोल्न खोजेको छैन
सहि प्रश्न हुन्थ्यो
बिरालालाई कसरी घण्टी बजाउने, कहाँ र कहिले घण्टी बजाउने
धेरै सम्भावनाहरू जवान मुसाले बताए
केही सम्भावनाहरू टोलीले मोल्ड गर्न सक्छ
टोलीमा, कसले गर्छ भनेर कहिल्यै सोध्नुहोस्
समाधानको बाटो ढिलो बनाउनेछ
बरु टोलीलाई कसरी गर्ने भनेर सोध्नुहोस्
यसले सम्पूर्ण खेल परिवर्तन गर्नेछ
कसैलाई पक्कै बिरालोको घण्टी बजाइएको थियो।

13. समाधान कहाँ छ?

खाल्डाखुल्डी, खाल्डाखुल्डी भएको देश
नैतिकता, नैतिकता र इमानदारी बिना
सबैजना सफलताको लागि सर्टकट चाहन्छन्
भ्रष्टाचार जताततै पूरै बाकसमा छ
बेइमानी र घूस मुख्य मूल्यहरूको भाग हो
पाखण्डले हरेक गतिविधिमा अन्धा दाग बनाउँछ
धेरैजसो मानिसहरु निष्ठाविहीन छन्
तैपनि हामी विश्व नेता भएको दाबी गर्छौं
हाम्रो समाजको मूल्य प्रणाली सुधार गर्नु राम्रो छ
मूल्यमान्यता, इमानदारी र निष्ठा बिना हामी अगाडि बढ्न सक्दैनौं
नैतिक, नैतिक र सामाजिक मूल्य प्रणाली सभ्य राष्ट्र हुन आवश्यक छ
गरिबलाई सित्तैमा खाना दिनु नै साँचो सभ्यता होइन
सामाजिक–राजनीतिक जीवनका हरेक परिकारमा सुधार आवश्यक छ
प्रविधिले मात्र डिजिटल विभाजनको समाधान दिन सक्दैन
कुनै पनि नेताले नैतिक-नैतिक क्रान्तिको प्रयास गरेनन्
जातिय जरा गाडिएको भारतीय संस्कृतिमा यसको समाधान कहाँ छ?

14. म एक्लो छु, एक्लो छैन

म एक्लो छु, तर म एक्लो छैन
त्यसैले म शान्त भएर अगाडि बढिरहेको छु
बाटोमा मेरो पकड, म दृढतापूर्वक समात्छु
म मेरो हरेक पाइला साहसका साथ दिन्छु;
मान्छेहरु मेरो अगाडि, मेरो पछाडि
तिनीहरू मेरो बायाँ र दायाँ छन्
तैपनि, म चर्को घामको किरणतिर हेर्दै छु
कसैसँग झगडा सुरु गर्न तयार छैन
त्यसैले मेरो यात्रा धेरै हल्का छ;
मलाई हेर्ने मानिसहरूलाई म मुस्कुराउँछु
तर हेर्न नचाहने मानिसहरूलाई विगतमा जान दिनुहोस्
थकित हुँदा एउटा सुन्दर रुखमुनि बस्छु
गाउने चराहरूसँग म स्वतन्त्र जन्मेको महसुस गर्छु;
एक्लोपन बिना एक्लै हिड्नु उत्कृष्ट छ
यात्राको आफ्नै सिलसिला र उत्साह हुन्छ
केहि अज्ञात साथी एक कप कफी प्रस्ताव गर्दछ
एकताको सम्झना मीठो टफी जस्तै रहन्छ।

15. नकारात्मक मानिसहरूलाई बेवास्ता गर्नुहोस्

लोभ, क्रोध, आसक्ति र सेक्स मानवीय स्वभाव हो
यी गुणहरू बिना कोही पनि भविष्यमा जान सक्दैन
जीवनको हरेक हिडमा ईर्ष्या, घृणाले यातना दिनेछ
कहिलेकाहीँ तपाईंको चालहरू यी सबै पञ्चर हुनेछन्
ती सबैको हार मानेर आत्मसमर्पण हुनेछ;
प्रेम, मुस्कान, भ्रातृत्व र उदारताका साथ अगाडि बढ्नुहोस्
कुनै पनि दबाबमा तपाईंको मूल मूल्य र अखण्डतालाई त्याग्नुहोस्
अहिले इमानदारीका साथ अगाडि बढ्न गाह्रो छ
यदि आवश्यक छ भने, सत्यको साथ एक एकान्तको रूपमा हिंड्नुहोस्
सूर्यलाई हेर, बादलले यसलाई स्थायी रूपमा रोक्न सक्दैन।

16.कसैले पनि तपाईंको सद्गुणलाई गपशप गर्नेछैन

तपाईंको पुण्यको बारेमा कसैले गफ गर्दैन

कसैले भन्न सक्दैन, तपाईं निष्पक्ष र सत्य हुनुहुन्छ

एउटा गल्तीले दस राम्रा कामहरू ओभरराइड गर्नेछ

सबैले तिमीलाई भीड जस्तै तान्न कोसिस गर्नेछन्

तिम्रो नम्रता कोहीले लुट्नेछन्

धेरैजसो मानिसहरू इमानदारीका दृष्टिविहीन छन्

अरूमा राम्रो गुण कहिल्यै फेला पर्दैन

दुःखको बेला कसैलाई पनि दयालु हुँदैन

यसको मतलब हामीले काम गर्न छोड्नुपर्छ भन्ने होइन

सबै कुरालाई बेवास्ता गरेर अगाडि बढ्नुपर्छ

नत्र हामी जीवन संगै मरेको मान्छे बन्छौ

ती शोर बनाउनेहरूलाई माफ गर्नुहोस्, यदि तपाईं प्रयास गर्न चाहनुहुन्छ भने।

17. चिन्ता नगर्नुहोस्, प्रलयको दिन आउनेछ

ब्रह्माण्ड सुव्यवस्थित अवस्थाबाट अव्यवस्थित अवस्थामा गइरहेको छ
त्यसैले, अनन्त कालमा पतन र विनाश यो नियति हो
एन्ट्रोपी अपरिवर्तनीय रूपमा बढ्दै छ र अन्धो धर्म पनि
मानिसहरूले छलफल र बहस गर्न सक्छन्, तर कुनै समाधान छैन
ठूला प्रकोप र विनाशहरू कुनै कमजोरी बिना आउनेछन्
जबसम्म हामी ब्रह्माण्डको अस्तित्वको कारणहरू जान्दैनौं
त्यहाँ जहिले पनि धेरै परिकल्पनाहरू विभिन्न विचारहरू हुनेछन्
एक आशाहीन ब्रह्माण्डमा पतन हुने विनाशमा किन चिन्ता गर्ने
आफ्नो यात्रा अरुलाई गल्ती भए पनि माफी माग्नु पर्दैन
प्रत्यक्ष खानुहोस् र अपरिवर्तनीय एन्ट्रोपी बढाउन योगदान गर्नुहोस्
संसारमा कुनै पनि मानिस अर्को मानिसको फोटोकपी होइन।

18. अन्तरिक्ष-समय

एकै साथ हामी भूत, वर्तमान र भविष्यमा छौं

यो समयरेखा र समयको चरित्र र प्रकृति हो

समय को दिशाहीन तीर भनिन्छ केहि छैन

समय, भूत, वर्तमान, भविष्यको क्षेत्रमा कोही पनि प्रधान छैन

तपाईको तथाकथित विगतको अपराधको लागि तपाई जुनसुकै बेला जेल जान सक्नुहुन्छ

समयको सुरुवात छैन त्यसैले अन्त्यको प्रश्न नै उठ्दैन

अरबौं वर्ष बितिसक्दा पनि सुर्य उदाउन सक्दैन

क्षणिक ताराहरू र ग्रहहरू चक्रमा आउँछन् र जान्छन्

तर तिनीहरूसँग समय कहिल्यै रोकिँदैन वा पतन हुँदैन

अन्तरिक्ष-समय अनन्त अनन्तताका दुई पक्षहरू हुन्

पदार्थ, ऊर्जा, ब्रह्माण्ड सबै स-साना छन्

गुरुत्वाकर्षण, विद्युत चुम्बकत्व, बलियो र कमजोर परमाणु बल उत्पादनहरू हुन्

वास्तविक खेल स्पेस-टाइम डोमेनले मात्र सञ्चालन गर्न सक्छ।

19. मानव जीवनमा अनिश्चितता किन?

ब्रह्माण्डको प्रकटीकरण प्रकृतिमा अनियमित छ
मानव प्रकृति र हाम्रो संस्कृतिको प्रकृति उस्तै छ
ब्रह्माण्डको सुरुवातदेखि नै चीजहरू अनियमित रूपमा हुन्छन्
यसैले ब्रह्माण्डमा सबै कुरा धेरै विविध छ
अर्को घटनाको बारेमा अनियमितताको असीम सम्भावनाहरू
त्यसैले ब्रह्माण्डमा अनिश्चितता सान्दर्भिक छ
तरंग र कण प्रकृति को द्वैत अनियमितता को मूल हो
अनिश्चितताका कारण, विस्तार भइरहेको ब्रह्माण्ड तनावमा छ
अभिव्यक्तिको आन्तरिक प्रकृतिले जीवित संसारलाई अस्थिर बनायो
त्यसैले मानव जीवन पनि धेरै अनिश्चित र नाजुक छ।

20. सत्य र वास्तविकता को व्याख्या

ग्यालिलियो, न्युटन र आइन्स्टाइनले कुनै नयाँ आविष्कार गरे

तिनीहरूले प्रकृतिलाई सूक्ष्म रूपमा हेरेका थिए

त्यसोभए, तिनीहरूले सत्य र वास्तविकतालाई पूर्ण रूपमा महसुस गर्न सक्छन्

सौर्यमण्डलको भिक्षाबाट पृथ्वी घुम्छ

लाखौं वर्षसम्म कसैले पनि पृथ्वीको गतिलाई इमानदारीपूर्वक अवलोकन गरेन

ग्यालिलियोसम्मका ऋषिहरू पनि सूर्यमा ध्यान केन्द्रित गर्दैनन्

सूर्य उपासकहरू पनि सूर्य सधैं दौडिरहेको ठान्छन्

ग्यालिलियोले सूर्योदयको घटनालाई समर्पणका साथ अवलोकन गरेका थिए

तसर्थ, उसले पूर्णताका साथ प्रकृतिको सत्यता र यथार्थलाई भेट्टाउन सक्छ

बिग ब्याङ्ग भएदेखि नै पृथ्वीमा गुरुत्वाकर्षण पनि थियो

स्याउ, आँप जस्ता फलहरू झर्ने गर्दथे, मानिसले खान्थे

यो प्राकृतिक घटना किन भइरहेको छ भनेर मानिसहरूले कहिल्यै चिन्ता गरेनन्

न्यूटनले स्याउ झर्ने सामान्य घटनामा ध्यान केन्द्रित गरे

उसले लाखौं वर्ष र अचम्मको कुरा पछि सत्य बुझ्यो

सापेक्षता ब्रह्माण्डको सृष्टिदेखि नै थियो, नयाँ कुरा होइन

हिन्दू धार्मिक ग्रन्थमा पनि विभिन्न तरिकाले व्याख्या गरिएको छ

तर आइन्स्टाइनले खगोलीय पिण्डहरूको आन्दोलनमा ध्यान केन्द्रित गरे

सापेक्षता गणितीय ढाँचामा सिद्धान्तको रूपमा आएको थियो

जब हामी समर्पणका साथ प्रकृतिलाई समग्र रूपमा अनुसन्धान गर्छौं र हेर्छौं

साधारण सत्य खोज्दा मानिसजातिलाई ठूला समस्या समाधान गर्न सकिन्छ।

21. धार्मिक अन्धोपन निको नभएसम्म युद्ध चल्नेछ

गुजरात हिंसाको मूल कारणबारे चर्चा गर्न कोही तयार छैनन्

गाजा युद्ध सुरु गर्नुको कारणबारे छलफल गर्न कोही तयार छैनन्

हामीले रंग अन्धोपनको बारेमा सुनेका छौं, तर धार्मिक अन्धोपन कहिल्यै सुनेका छैनौं

जबसम्म विश्व नेताहरूले आफ्नो रंगीन चश्मा हटाए

इजरायल र प्यालेस्टाइनको विवादको स्थायी समाधान आउँदैन

संसारभरका मानिसहरूले स्वीकार गर्नुपर्छ; यहूदीहरू बाँच्ने अधिकार भएका मानव हुन्

हिटलरको गल्ती र नरसंहार फेरि हुन दिनु हुँदैन

यदि धार्मिक अन्धाहरूले आफ्नो आँखाको उपचार गर्दैनन् र मनोवृत्ति परिवर्तन गर्छन्

यहूदीहरूद्वारा अस्तित्वको लागि युद्ध निरन्तर चलिरहनेछ

किनभने, उनीहरूसँग धार्मिक अन्धाहरू जस्तै उभिने ठाउँ छैन।

22. अन्धकारको वन

त्यतिबेला बालविवाहको चलन थियो
उनी ६ वर्षकी मात्रै थिइन्, जब उनले एक वृद्धसँग विवाह गरिन्
उनको गुप्तांगमा मासुको ठूलो डण्डी पसेपछि उनी डराएकी थिइन्
उनी पीडाले रोइन् तर कसले बचाउने वा बचाउने
सारा समाज अन्धकारमा थियो र नारी वस्तु थिए
बजारमा अन्य सामानसँगै महँगो मूल्यमा बेचिन्थ्यो
उनको रोदन मरुभूमिको बालुवाको टिब्बामा कुनै प्रतिध्वनि बिना मरे
त्यो डरलाग्दो दिनदेखि हजारौं वर्ष बितिसक्यो
तर अझै पनि बालविवाहको प्रथा जारी छ
२१ औं शताब्दीमा पनि धर्मको नाममा सबै कुरा
हामी सभ्य कि अन्धो देवताको नाममा अन्धो ?
मानिसहरु कहिले विवेकशील बन्छन् कसैलाई थाहा छैन
हामी अझै पनि घना अन्धकारको जंगलमा छौं।

23. शुतुरमुर्ग मानसिकता

शुतुरमुर्ग मानसिकता भएका मानिसहरु भन्दा सडकका कुकुर र काग राम्रो हुन्छन्

कमसेकम तिनीहरूले इकोसिस्टममा मेलाको रूपमा प्रकृतिलाई सफा गरिरहेका छन्

शुतुरमुर्ग मानसिकता भएका मानिसहरु अरुलाई मात्र दोष दिन्छन् तर भित्र हेर्दैनन्

तिनीहरू प्रकृति र संस्कृतिमा सबैभन्दा खराब नागरिक र स्वार्थी हुन्

अब अधिकांश जनता शुतुरमुर्ग बन्दै गएपछि हाम्रो भविष्य के होला ?

आफ्नै लागि, तिनीहरूलाई जारी नगरी सधैं शेरहरू चाहिन्छ

तिनीहरूको मेरुदण्डमा, तिनीहरू बेइमान र धूर्त छन्

तर दुर्भाग्यवश, तिनीहरूको संख्या बढ्दै र बढ्दै गएको छ

यदि तपाई मानव जाति, समाज र इकोसिस्टमको लागि साँच्चै चिन्तित हुनुहुन्छ भने

सडकको कुकुर, काग वा गिद्ध जस्ता सानो काम गर्नुहोस्

शुतुरमुर्ग जस्तै आफ्नो आँखा बन्द नगर्नुहोस् र सबै ठीक छ महसुस गर्नुहोस्।

24. यो सहस्राब्दी

इमानदारी सबैभन्दा खराब नीति हो
सत्यको बिरलै जित हुन्छ तर पराजित हुन्छ
जटिलता नै महानता हो
भ्रष्टाचार दिनको क्रम हो
निष्ठा पाउन गाह्रो छ
कसैको लागि परोपकार घरबाट सुरु हुँदैन
मानिसहरू पापीहरूलाई घृणा गर्छन् पापलाई होइन
मानवताको आधारभूत कपडा अस्थिर भयो
यो काली सहस्राब्दी हो
अराजकता र अराजकता उत्कर्षमा रहनेछ
यो भौतिकशास्त्रको सत्य पनि हो
एन्ट्रोपी बढ्नुपर्छ र बढाउनुपर्छ
प्रलय नआउन्जेल
र नयाँ ग्रह प्रणालीको जन्म हुनेछ
नयाँ सभ्यताको साथ नयाँ सुरुवात हुनेछ।

25. गिद्ध

प्राकृतिक स्याभेन्जर बाँच्नको लागि लडिरहेको छ
जैविक विविधता र इकोसिस्टमका लागि गिद्धहरू महत्त्वपूर्ण छन्
तिनीहरूको समूहमा तिनीहरू अनुशासित र साँच्चै सामाजिक छन्
फारसी समुदायको लागि, गिद्धको अस्तित्व महत्वपूर्ण छ
तर चरा बचाउन, व्यावहारिक समाधान छैन
गाउँलेहरूले धेरै पटक बिना कारण उनीहरूलाई गाली गरे
तर कुनै पनि हत्यारालाई जेलभित्र राखिएको छैन
गिद्धहरूको लागि काम गर्ने दबाब समूहहरूसँग कुनै समाधान छैन
पर्यावरण सन्तुलनको महत्त्व सबैले बुझ्नुपर्छ
गिद्ध बचाउन, सँगै चुनौती लिऔं।

26. मासको अफिम

भ्रष्टाचार अहिले जनताको अफिम बनेको छ
यो विशेष वर्गमा मात्र सीमित छैन
धनी, गरिब, कालो, गोरा, खैरो सबैले भ्रष्टाचार गर्छन्
विश्वबाट भ्रष्टाचारलाई जरैदेखि उखेल्ने उपाय छैन
भ्रष्टाचार गर्नु न त अनैतिक हो न धर्म विरुद्ध
अहिले भ्रष्टाचारप्रति जनतामा नराम्रो विचार छैन
राजनीतिज्ञ, आम मानिस, नेता सबै बेइमानमा लिप्त छन्
जनतालाई सामूहिक वा व्यक्तिगत अखण्डताको चिन्ता छैन
तर सामाजिक अन्धविश्वासको लागि एकअर्कालाई दोष लगाउँछन्
धर्म र भ्रष्टाचारको सही मिश्रण दिनको क्रम हो
भ्रष्टाचार र धर्मको नशामा डुबेका जनता खुसी र समलिङ्गी छन् ।

27. यदि तपाइँ राजनीतिज्ञहरूलाई विश्वास गर्नुहुन्छ भने

यदि तपाईं राजनीतिज्ञहरूमा भरोसा गर्नुहुन्छ भने, तपाईं मूर्खको स्वर्गमा बस्दै हुनुहुन्छ

घूस बिना, नोकरशाहले तपाईलाई कहिले पनि फाइल उठ्न दिनेछैन

यस संसारमा, बाँच्नको लागि र प्रगतिको लागि, चतुर र बुद्धिमान बन्नुहोस्

नत्र तिम्रो जीवनमा सूर्य कहिल्यै उदाउनेछैन

यस संसारमा कुनै पनि कुराको लागि, तपाईंले मूल्य तिर्नुपर्छ;

एप्पल पालिस र चापलूसी पैसाको रूपमा प्रभावकारी छैन

राजनीतिज्ञ र नोकरशाहहरूका लागि पैसा सबैभन्दा राम्रो मह हो

कहिलेकाहीँ, रक्सीले तपाईंलाई यात्रामा मद्दत गर्न सक्छ

तर यौन पक्षले सजिलै आफ्नो यात्रा परिवर्तन गर्न सक्छ

यदि तपाई अझै पनि राजनीतिज्ञ र नोकरशाहलाई विश्वास गर्नुहुन्छ भने, यो विडम्बना हो।

28. यदि तपाईं नश्वर हुनुहुन्छ भने, यो राम्रो छ

यदि तपाइँ सोच्चुहुन्छ कि तपाइँ अनैतिक हुनुहुन्छ, तपाइँ सही हुनुहुन्छ

तपाई ९९ प्रतिशत मानव समूहमा हुनुहुन्छ

यदि तपाई सोच्चुहुन्छ कि तपाई नश्वर हुनुहुन्छ, तपाई सहि हुनुहुन्छ

तपाईं होमो-सेपियनहरूको एक प्रतिशत समूहमा हुनुहुन्छ

तपाईलाई थाहा छ तपाईको समय सीमित छ र भोलिको लागि कहिल्यै पर्खनुहोस्

समय अमूल्य छ भन्ने महसुस गर्दै तपाईंले हरेक पलको सदुपयोग गर्नुहुन्छ

समय संसारमा एक मात्र नि: शुल्क कच्चा माल हो जुन तत्काल समाप्त हुन्छ

नश्वर प्राणीहरूले यो महसुस गर्छन् र भविष्यको जीवन बाँच्दैनन्, त्यो काल्पनिक हो

यस संसारमा एक प्रतिशत समूह मात्र जीवित हुँदा फस्टाउँछन्

तिनीहरूको प्रस्थानमा, 99% समूह शोक र रोएको छ

र 99% समूहले एक प्रतिशत अनैतिकता बनाउन खोज्छ।

29. गुरुत्वाकर्षण र घर्षणलाई पार गर्दै

मानव जीवनको आवश्यकता खाना होइन ऊर्जा हो

ऊर्जा प्राप्त गर्ने प्रक्रियामा, खाना केवल समन्वयको लागि हो

मानव जीवनका कर्महरू प्राकृतिक शक्तिहरूमाथि विजय हासिल गर्न मात्र हुन्

होमो-सेपियनहरूका लागि खाना बाहेक अन्य वैकल्पिक स्रोतहरू छैनन्

त्यसोभए, हामी प्राकृतिक पाठ्यक्रमहरूद्वारा लगाइएको प्रतिबन्धहरूद्वारा बाँधिएका छौं

मानिसको सम्पूर्ण ऊर्जा गुरुत्वाकर्षण र घर्षणलाई जित्न प्रयोग गरिन्छ

प्रसवको समयमा प्रकृतिले सबैलाई आफ्नो संकेत दिन्छ

हिँड्ने, खेल्ने, ब्रश गर्ने सबै गतिविधिले प्राकृतिक शक्तिहरूको प्रतिरोध गर्नुपर्छ

त्यसो गर्दा, मानव शरीरमा, ऊर्जा मात्र शक्ति स्रोत हो

जीवन भनेको समन्वित तरिकामा गतिविधिहरूको गति मात्र होइन

प्राकृतिक शक्तिहरूको प्रतिरोध गर्न, केही ऊर्जा सूर्यको किरणहरूबाट आउँछ

पैसा, स्वास्थ्य अन्ततः प्रकृति को प्रतिरोध गर्न आवश्यकताहरु मा कुराकानी गर्दछ

समयको क्षेत्रमा, संयन्त्र एक दिन भविष्यमा पतन हुन्छ।

30. घर्षण बिना जीवन

घर्षण बिनाको जीवन असम्भव छ

आन्दोलनलाई अनुमति दिइने छैन

वीर्य स्खलन सम्भव छैन

यौन गतिविधिको लागि पनि, घर्षण वांछनीय छ

घर्षण बिना, भौतिक विज्ञान को नियम समस्या मा हुनेछ;

न माछा पौडन सक्छ, न चरा उड्न सक्छ

प्रत्येक पल घर्षण हटाउन को लागी हामी प्रयास गर्छौं

संसारमा घर्षण बिना आगो कसरी हुनेछ

हाम्रो जीवनमा शून्य घर्षण एक व्यावहारिक समाधान होइन

जब परिवारमा झगडा हुन्छ, तनाव नलिनुहोस्

घर्षण घटाउन र कमजोरीको लागि मात्र प्रयास गर्नुहोस्

घर्षण सुख्खा, तरल पदार्थ, छाला वा आन्तरिक घर्षण हुन सक्छ

घर्षण कम गर्न, सधैं उचित स्नेहन गर्नुहोस्

यदि तपाइँ स्नेहक प्रयोग गर्नुहुन्न भने, तपाइँको नियत देखाउनुहोस्

अफिस घर्षणको समयमा स्याउ पालिस गर्न, कहिल्यै हिचकिचाउनु हुँदैन

घर्षणले तपाईंको सन्तुष्टिलाई पर्याप्त रूपमा कम गर्नेछ।

31. दोहोरो किनारा पीडा

स्मार्ट सिटी गुवाहाटी धुलोले लडिरहेको छ
मोटरसाइकल र सवारी साधन मालिकहरूले खिया सफा गर्दैछन्
अन्यथा, पाङ्ग्राहरू जाम हुनै पर्छ
धुलोमुनि पनि सवारीसाधन तीव्र गतिमा गुडिरहेका छन्
सास लिने धुलोहरू कीटाणुरहित हुन्छन् जसमा हामी विश्वास गर्दैनौं;
पानी परेपछि बाढी र डुबान हुन्छ
घाम लागेपछि धुलोका कणले त्रसित बनाइदिन्छ
स्मार्ट सिटीमा बासिन्दाहरू जसरी पनि बाँचिरहेका छन्
अहिले मानिसहरु घाम र घामसँग समान डराउँछन्
प्रदूषित वातावरणले अब गुवाहाटीलाई पूर्ण रूपमा घेरेको छ।

32. दोसा बनाम समोसा

डोसा र समोसा भारतीय लागि सबैभन्दा लोकप्रिय खाजा

गतिशीलता को मामला मा, समोसा एक राम्रो हास्य कलाकार हो

दोसाको छाला चामल हो भने समोसाको लागि गहुँ हो

दुबै मुख्यतया शाकाहारी हुन्, कुनै पनि मासु प्रयोग गर्दैनन्

समोसा र दोसाको मासु एउटै हो, हाम्रो प्यारो आलु

साम्बर तयार गर्दा टमाटर मात्र डोसा चाहिन्छ

डोसालाई ब्रेकफास्ट, लंच र बेलुकाको खानाको रूपमा लिन सकिन्छ

तर लंच र डिनरका लागि समोसा खासै लोकप्रिय छैन

बजारमा सानो चिया पसलमा पनि समोसा पाइन्छ

रेस्टुरेन्ट र मलहरूमा दोसाको उपलब्धता बढी देखिन्छ

यदि मैले ती मध्ये कुनै एकलाई सबैभन्दा लोकप्रिय खानाको रूपमा मतदान गर्न चाहन्छु

कुन नुस्खा राम्रो छ म अलमल्लमा छु, तर म कुन खान्छु, मूड मा निर्भर गर्दछ।

33. ड्रयागनफ्लाइ

Dragonfly पुतली को गरीब चचेरे भाई हो

उडानमा, ड्रयागनफ्लाइहरू पनि लाज मान्दैनन्

पुतली संग प्रतिस्पर्धा गर्न को लागी, सधैं प्रयास गर्नुहोस्

पुतली जस्तै, यद्यपि धेरै रंगीन छैन

चार पखेटा भएको, ड्रयागनफ्लाइहरू अद्भुत छन्

तिनीहरू सधैं मानिसहरूलाई आकर्षित गर्छन् र हँसिलो रहन्छन्

बच्चाहरू ड्रयागनफ्लाइहरू पछ्याउन र तिनीहरूलाई समात्न मन पराउँछन्

साना बच्चाहरु को लागि पुतली र ड्रयागनफ्लाइ समान

तिनीहरूलाई पछ्याउनु र समात्नु वास्तविक खेल हो

ड्रयागनफ्लाइको संख्या ह्वात्तै घटेको छ

देशको छेउमा पनि, तिनीहरू बारम्बार देखिँदैनन्

परी कथाहरूमा परीका पखेटाहरू ड्रयागनफ्लाइ जस्तो देखिन्छ

यस सुन्दर माडीको संरक्षणको लागि हामीले इमान्दारीपूर्वक प्रयास गर्नुपर्छ।

34. भीड हिंसा

भीड भनेको दिमाग नभएका मानिसहरूको समूह हो
विनाश नै भीडको मुख्य उद्देश्य हो
विनाश र हत्याको लागि तालिमको आवश्यकता पर्दैन
भीडको अगाडि कुनै तर्क र तर्कले काम गर्दैन
आफ्ना साथीभाइ र आफन्तलाई समेत लुट्छन्
भीड हिंसाको मुख्य प्रज्वलक धर्म हो
बेरोजगारी र गरिबीले भीडलाई निरन्तरता दिन्छ
विवेकशील र शिक्षितहरूले कुनै प्रतिरोध गर्दैनन्
यद्यपि हिंसा र विनाशको लागि, कुनै देखिने पदार्थ छैन
शान्ति सुरक्षा, प्रहरी सबै निष्क्रिय छन्
सेना पनि निष्क्रिय रहन बाध्य छ
भीड हिंसाको एकमात्र समाधान बल प्रयोग गर्न हो
भीड हिंसा अन्ततः स्रोत मा बन्द गर्नुपर्छ
सुरुमा सार्वजनिक भावना धेरै उच्च छ
सवारी साधनहरू सधैं विनाशको पहिलो लक्ष्य हुन्छन्
पसल र बजार लुटपाट अर्को परिचय हुन्थ्यो
सार्वजनिक र निजी सम्पत्ति जलाउनु भीडको अन्तर्ज्ञान हो
अन्त्यमा, पीडा सम्पूर्ण राष्ट्रले भोग्नु परेको छ ।

35.बंगलादेश जलिरहेको छ

बंगलादेश आफ्नै द्वन्द्वमा जलिरहेको छ

आफ्नै नागरिकको हत्या, मध्ययुगीन दिन झल्किन्छ

जनता असहिष्णु भएकाले बंगलादेश जलिरहेको छ

हिंसा भड्काउनमा उनीहरुको धर्मको भूमिका पनि सान्दर्भिक हुन्छ

सर्वशक्तिमानको नाममा छिमेकीलाई मार्छन्

कथित बंगाली संस्कृति र सम्पदा भए पनि

हत्याको क्रूरताबाट, सन्देश स्पष्ट छ

अन्य कुनै विश्वास वा विचारलाई अनुमति दिइने छैन

मुल्लाहरूको धार्मिक तानाशाहको बाटो अवलम्बन गर्नुपर्छ

राष्ट्रिय सम्पत्तिको विनाश प्रतिउत्पादक हुनेछ

पहिले नै गरिब बंगलादेश थप नकारात्मक तर्फ जान्छ

बंगलादेश पहिले नै गरिबी र जनसंख्या बृद्धिमा छ

अहिलेको हिंसा र अस्थिरताले बंगलादेशलाई विनाशतर्फ धकेल्यो।

36. सय ग्रामको महत्व हुन्छ

कहिलेकाहीँ सय ग्राम बढी महत्त्वपूर्ण हुन्छ

यो स्टोरमा सय किलोग्राम भन्दा भारी हुन सक्छ

तपाईंले स्वर्ण पदक र लाइमलाइट गुमाउन सक्नुहुन्छ

तपाईंलाई लड्नको लागि रिंगमा प्रवेश गर्न अनुमति दिइने छैन

त्यसैले आफ्नो शरीरको तौललाई सधैं ठीक राख्ने प्रयास गर्नुहोस्

ध्यान नदिई वजन बढाउन धेरै सजिलो छ

तर हप्ताको हिड्दा पनि कम गर्न गाह्रो छ

स्वस्थ जीवनशैलीका लागि शरीरको तौल महत्त्वपूर्ण हुन्छ

मोटोपनाले तपाईको जीवन बर्बाद गर्न सक्छ, तपाई फ्रीस्टाइलमा बाँच्न चाहानुहुन्छ

स्वस्थ जीवनका लागि सकेसम्म खानुहोस् पुरानो शैली हो।

37. स्वर्ण जित्न नसके पनि चिन्ता नगर्नुहोस्

खेलमा, तपाईं शीर्ष वरीयता प्राप्त खेलाडी हुन सक्नुहुन्छ
तिम्रो सफलताको लागि लाखौंले प्रार्थना गरून्
तर ओलम्पिक धेरै तहको प्रतिस्पर्धा हो
कालो घोडा कहाँबाट आयो थाहा छैन
र तपाईको वर्षौंको प्रयास र खेललाई खतरामा पार्‍यो
कुनै पदक नजिता लङ्गडा बन्छौ
तपाईको कार्यसम्पादन वर्षभरि समान नहुन सक्छ
महिना, हप्ता वा दिनको बीचमा पनि
सुन कसले जित्छ, ज्योतिषीले पनि भन्न सक्दैनन्
प्रतिस्पर्धामा भए पनि त्यो सुनौलो किरण हो ।

38. तपाईलाई इँटा चाहिन्छ

महल निर्माण गर्न, तपाईंलाई ईंटहरू चाहिन्छ
ईंट बनाउन, तपाईंलाई सानो माटो चाहिन्छ
सानो माटो जम्मा गर्न, तपाईंले समय खर्च गर्नुपर्छ
समय तपाईंको परम निः शुल्क स्रोत हो
प्रत्येक सेकेन्ड, घण्टा, दिन र महिना महत्त्वपूर्ण छन्
तपाइँ तपाइँको स्रोतहरू कसरी प्रयोग गर्नुहुन्छ प्रासंगिक छ
सोच्दा पनि बजारबाट इँटा किन्न सकिन्छ
पैसा बिना, कसैले तपाईंको टोकरी भर्दैन
पैसा कहिल्यै सित्तैमा आउँदैन, समयको सदुपयोग गर्नुपर्छ
त्यसोभए, तपाइँ तपाइँको समय कसरी प्रयोग गर्नुहुन्छ सधैं प्रधान छ
रोम एक दिनमा बनेको थिएन, न त तपाईं बस्ने घर
निर्माणमा धेरै समय बुवाले दिनुहुन्थ्यो
महल बनाउन सकेनौ भने चिहान सम्म जानु
गल्ती तिम्रै थियो कि समय हुँदा इँटा नबनाए ।

39. स्वतन्त्रता के हो

स्वतन्त्रता को अर्थ बुझ्न धेरै गाह्रो छ
जीवन र सम्पत्तिको सुरक्षा मात्र सही अर्थमा स्वतन्त्रता होइन
वाक स्वतन्त्रता र भोट हाल्ने अधिकार पर्याप्त छैन
स्वतन्त्र देशहरूमा पनि, बहुसंख्यकहरूको लागि, जीवन कठिन छ
सामाजिक अशान्तिले आम मानिसको जीवन कष्टकर बनाउँछ
खाना, लत्ताकपडा र आवासको लागि संघर्ष कहिल्यै अन्त्य हुने प्रक्रिया होइन
शिक्षा र स्वास्थ्य सेवा प्राप्त गर्न स्वतन्त्र देशहरूमा पनि सजिलो छैन
यद्यपि मानिसहरूले सफलतापूर्वक आफ्नो सिमाना रक्षा गर्छन्
धेरै जसो स्वतन्त्र देशहरूमा समानता र कानूनको शासन पुस्तकहरूमा छ
सँधै विध्वंस शक्तिशाली बदमाशहरू द्वारा गरिन्छ
स्वतन्त्रता भनेको के हो त्यो भावनाको व्यक्तिगत कुरा हो
स्वतन्त्रता हाम्रो जन्मसिद्ध अधिकार हो र यसलाई प्राप्त गर्न सबैले संघर्ष गरिरहेका छन् ।

40. जय हिन्द

पुरानो नारा अझै धेरै ताजा र सान्दर्भिक
यसले उपमहाद्वीपमा राजनीतिक स्वतन्त्रता ल्यायो
यी दुई शब्दले अझै पनि यो देशका जनतालाई एकताबद्ध गरिरहेका छन्
चाहे तिनीहरूको राजनीतिक विचारधारा र यात्रा
जय हिन्द लक्ष्य हो, हामीले प्रतियोगिता जित्नु पर्छ
तर, हामीले हरेक क्षेत्रमा अझै लामो यात्रा गर्न बाँकी छ
वास्तविक जितको सपना अझै अधुरो छ
८० करोड जनता अझै सरकारी राशन खोजिरहेका छन्
पूर्ण गरिबी उन्मूलनको लागि, भारतसँग कुनै समाधान छैन
देशले जनसङ्ख्या मात्रै बढाइरहेको छ
एक सय ४० करोड जनताले स्वर्ण पदक जित्न सक्दैनन्
तर हरेक दिन हजारौं घोटाला बनाउन सक्छ
सहर र गाउँहरूमा जीवनको गुणस्तर विश्व स्तरमा दयनीय छ
हजारौं मानिसहरु सडकमा नाई जस्तै बस्छन्
गरिब र सीमान्तकृत किसानको अवस्था दयनीय छ
गरिब र धनीबीचको असमानता दिनानुदिन बढ्दै गइरहेको छ
बेरोजगारी गगनचुम्बी छ र आशाहीन भविष्य हो जुन हामी भन्न सक्छौं
जय हिन्द, बन्दे-मातोरम भनौं, आज स्वतन्त्रता दिवस।

41. थप एक केटी बलात्कृत

उनको बलात्कार र निर्ममतापूर्वक हत्या गरिएको थियो
शवमाथि चर्को राजनीति सुरु भयो
किन बलात्कारका घटनाहरू भइरहेका छन् भन्ने कसैलाई चिन्ता छैन
सबै राजनेताहरूले स्याल धूर्त रूपमा जवाफ दिइरहेका छन्
कतिपयले राजनीतिक कारणले बलात्कारीलाई बचाउन खोजिरहेका छन्
अरूले समाधान नहुँदा घटनालाई उडाउन खोजिरहेका छन्
नागरिक समाज कुम्भ कर्ण जस्तै सुत्ने अवस्थामा छ
मृतक बालिकाका लागि सह चिकित्सक मात्रै आन्दोलनमा छन्
कसैलाई थाहा छैन कि दोषीहरू मुद्दाको दायरामा आउँछन्
जनता र मिडियाले घटनालाई छिट्टै बिर्सनेछन्
पूर्णिमाको उज्यालोमा अर्को केटी बलात्कृत हुनेछन्
यो देशमा बलात्कारजस्ता घटनाहरू सधैँजस्तै भइरहनेछन्
जबसम्म सबै नागरिक राजनीतिक सिमाना तोड्न एकजुट हुँदैनन् ।

42. हास्यास्पद खुलासाहरू

परमेश्वरले धेरै कुराहरू एकै व्यक्तिलाई मात्र प्रकट गर्नुभयो, बैठकमा होइन

तर तरल सुनमा उ उभिएको खुलासा गरेन

पेट्रोलियम को खोज उनको अनुयायीहरु मध्ये कुनै पनि खुलासा छैन

भगवान पुरुषका कति पत्नी हुनुपर्छ भनेर बताउन व्यस्त थिए

हिलो पोखरी बाट, हरेक बिहान, मानवता भगवान बचाओ

परमेश्वर यति क्रूर हुनुहुन्छ कि उहाँले सबै गैर-विश्वासीहरूलाई मार्ने आदेश दिनुभयो

तर गैर-विश्वासीहरूले तरल सुनको खजाना मात्र फेला पारे

परमेश्वरले उत्तर र दक्षिण अमेरिकाको बारेमा प्रकट गर्नुभएन

परमेश्वरले अन्टार्कटिकाको उल्लेख नगरेकोले कमजोर ज्ञान प्रमाणित गर्नुभयो

खुलासाहरूमा प्रजातिहरूको विकासको बारेमा कुनै उल्लेख छैन

लामो समय पछि, प्राकृतिक चयन को बारे मा, डार्विन निर्णय

एक मध्ययुगीन परमेश्वरले त्यो समयको ज्ञान मात्र प्रकट गर्नुभयो

प्रकाशहरूका लागि परमेश्वरको अभिप्राय वैज्ञानिक थिएन, तर पनि यो चम्किन्छ

मानिस बुद्धिमान् मूर्ख प्राणीहरू हुन् भनी परमेश्वरलाई थाह हुन सक्छ

बाघ वा चीललाई प्रकट गर्नुको कुनै अर्थ छैन, खाली पेटमा, तिनीहरू प्रार्थना गर्न जाँदैनन्

संसारमा जतातते खुलासाको ढाँचा उस्तै छ

पुरानो दिनहरूमा भगवानले मात्र प्रकटीकरण खेल खेल्नुभयो

नयाँ कुराहरू प्रकट गर्न, अहिले एक दिन भगवान अनिच्छुक छन्, वा उहाँ लङ्गडा बन्नुहुनेछ।

43. साधारण मानिसको लागि साँचो खुशीको चार चतुर्थांश

जब तपाईं स्वस्थ, धनी र बुद्धिमान हुनुहुन्छ, तपाईं सफल हुनुहुन्छ

स्वास्थ्य, धन, बुद्धि र सफलताले जीवन सुन्दर बनाउँछ

खुशी जीवनको बाटो बन्छ, साइनोसाइडल लहर जस्तो होइन

सफलताको पूर्ण आनन्दले मानिसलाई उदार र साहसी बनाउँछ

तपाईंले परोपकारको महत्त्व बुझ्नुहुन्छ र मानवजातिको कल्याण गर्नुहुन्छ

जीवनको उद्देश्य र अर्थ पत्ता लगाउन सजिलो हुन्छ

स्वास्थ्य, धन, बुद्धि र सफलता साँचो सुखका चार चतुर्थांश हुन्

यो सत्य हो, भौतिक जीवनको त्यागले पनि मानसिक आनन्द दिन सक्छ

तर त्यागको माध्यमबाट प्राप्त हुने आनन्द बिल्कुलै फरक खजाना हो

गौतम जस्ता ऋषिहरू र मानिसहरूले मात्र यस मार्गबाट साँच्चै सुखी हुन सक्छन्

यस मार्गबाट सामान्य मानिसले पूर्ण सुख प्राप्त गर्छ, मलाई शंका छ

अध्यात्मको नाममा तथाकथित आधुनिक गुरुहरूले ठगी गरिरहेका छन्

तीमध्ये धेरै जसो स्वार्थी चतुर व्यक्तिहरू हुन् जसमा शंकास्पद निष्ठा हुन्छ।

44. तपाईलाई बुढ्यौली मनपर्दैन

चाहे तपाईलाई मन परोस् या मन नपराउनुहोस्
तपाईंले ध्यान दिनुभएको छ वा छैन
मर्न चाहे या नपरोस्
हरेक पल तिमी खरानी हुँदैछौ
दिन प्रतिदिन बुढो हुँदैछौ
तपाईको शुभ प्रभात कम हुँदैछ
मृत्यु तर्फ दौडिरहेका छौ
मान्छेहरु भन्छन उमेर भनेको संख्या मात्र हो
एकदिन मृत्युसमक्ष उनीहरू पनि आत्मसमर्पण गर्छन्
हरेक शुभ बिहानीलाई शुभ रात्रि बनाउनुहोस्
तिमी बुढ्यौली छौ, भोलि ठीक हुनेछ
आजको दिनलाई मात्र उज्यालो बनाउन सकिन्छ
बुढ्यौली प्रक्रिया संग लड्नु हुँदैन
भोलि तिमीले उज्यालो नदेख्न सक्छौ।

45. सबैले मूल्य तिर्नेछ

न म गुलाब हुँ न काँडा हुँ

न म पुतली हुँ, न म मौरी हुँ

न म कछुवा हुँ, न म घोडा हुँ

न म चील हुँ न गोही

म दुई खुट्टा भएको अद्वितीय प्राणी हुँ

न त उड्न सक्छ, न त पौडी नै

चार खुट्टाको जनावर छिटो चल्न सक्दैन

तर म सोच्न सक्छु, नयाँ बनाउन सक्छु र चीजहरू अझ राम्रो गर्न सक्छु

मेरो कर्ममा, सबै जीवित प्राणीहरूको भविष्य झुण्डिएको छ

तर पनि म आफ्नो लोभले गर्दा लापरवाह छु

म आवश्यकता बिना रूख र जनावरहरूको बासस्थान नष्ट गर्छु

एक दिन मेरो लापरवाह गतिविधिले विनाशको दिन ल्याउनेछ

कसैसँग भन्नको लागि कुनै अभिनव समाधान हुनेछैन

मेरो गल्तीको लागि, मूल्य, हरेक जीवित प्राणीले तिर्नेछ।

46. विना सङ्घर्ष उनीहरूले स्वतन्त्रता पाउने छैनन्

धर्मको नाममा उनीहरूलाई स्वतन्त्रताबाट वञ्चित गरिएको छ

उनीहरू परम्पराको नाममा कडा ड्रेस कोड बनाउन बाध्य छन्

तिनीहरू कहिल्यै विरोध गर्दैनन् किनभने तिनीहरूको दिमाग बाल्यकालमा धोइन्छ

तिनीहरूको मनोवृत्ति मध्यम उमेरको आवश्यकता अनुसार तार छ

स्वतन्त्रता र स्वतन्त्रताको लागि सोध्ने पुरुष शान्तवादीद्वारा निर्ममतापूर्वक हत्या गरियो

उनीहरूका आफ्नै महिलाहरूको बगालले पनि उनीहरूसँग एकता देखाउँदैनन्

किनभने बहुमतको दृष्टि धेरै अघि नै अन्धो थियो

सन्तान जन्माउनु र मानिसलाई आराम दिनु संसारमा उनीहरुको एउटै काम हो

सुधारहरू सधैं अवशेषहरूको मांसपेशी शक्ति द्वारा प्रतिबन्धित हुनेछ

यो राजा, शासक, धार्मिक दलालहरूलाई विलासी जीवन बिताउन उपयुक्त छ

तिनीहरू मरुभूमिमा आफ्ना हरमहरू र थोरै चार पत्नीहरूसँग खुशी छन्।

47. एक पंथ को झूटो प्रचार

अरबको कुनै पनि सदस्य पंथले लादेन, हाफिजको निन्दा गरेन
कसैले पनि निर्दोष इजरायलीहरूको नरसंहारको निन्दा गरेन
तैपनि पंथले विश्व शान्तिको लागि काम गरिरहेको दाबी कतिपयले गर्छन्
अरू सबै आस्थालाई मेटाउन तिनीहरू निरन्तर दौडमा छन्
अगमवक्ताले भनेका कुरा एक पातलो कपाल पनि परिवर्तन हुन सक्दैन
अगमवक्ताले भनेझैं, निर्दोष इजरायलीहरूको हत्या न्याय र न्यायपूर्ण छ
तर तिनीहरू समान र विपरीत प्रतिक्रियाको बारेमा न्यूटनको तेस्रो नियम बिर्सन्छन्
गाजामा के भइरहेको छ त्यसका लागि पंथ नेताहरू जिम्मेवार छन्
आत्मरक्षाको लागि, यहूदीहरूले अहिले सुरुङहरू ध्वस्त गरिरहेका छन्
र संसारभरका पंथ सदस्यहरूले भने, यहूदीहरू क्रूर छन्
तपाईंले पंथबाट कुनै पनि हिंसाको निन्दा गर्नुभएन, बरु मनाइयो
जब प्रतिहिंसाले तपाईलाई प्रहार गर्‍यो, झूटा प्रचारको लागि तपाई एकजुट हुनुभयो।

48. शिक्षकको कुनै धर्म हुँदैन

पैसाको कुनै जात, धर्म, रङ हुँदैन

विद्यालयमा शिक्षकको समान पद हुनुपर्छ

शिक्षण भाइचारा सामाजिक सीमाभन्दा माथि हुनुपर्छ

विशेष गरी गैर-धार्मिक आधुनिक देशका शिक्षकहरू

धर्म शिक्षाको केन्द्रविन्दु हुनुहुँदैन

विज्ञान, प्रविधि, नैतिकता, मूल्यमान्यताले उच्च स्थान पाउनुपर्छ

अन्धविश्वासका लागि मात्र धर्मले मानिसहरूलाई सजिलै विभाजन गर्न सक्छ

शिक्षकहरूले अवैज्ञानिक मिथकभन्दा माथि गएर सबैलाई एकताबद्ध गर्न सक्छन्

इन्टरनेट, कम्प्युटर, स्मार्ट फोन, एआई धार्मिक बाधाभन्दा माथि छन्

सबै प्रविधिहरूका लागि शिक्षकहरू विश्वव्यापी वाहक हुन्

युरोप र अमेरिका धार्मिक शिक्षाको लागि होइन उन्नत देश हो

तर विज्ञान र प्रविधि संग, मानिसहरू एकीकरण गर्दै छन्

वैज्ञानिक मानसिकताको संस्कृतिलाई शिक्षकहरूले मात्र प्रचार गरिरहेका छन् ।

४९. शिक्षण पेशाको ह्रास

शिक्षकहरू सामाजिक इकोसिस्टमको हिस्सा हुन्
त्यसैले नैतिकता र नैतिकता पनि त्यागेका छन्
शिक्षण पेशा अहिले अन्य पेशा जस्तै भएको छ
यसले मूल्य प्रणालीमा ह्रास आएको छ
कमजोरी मा शिक्षण पेशा को मूल अवधारणाहरु
शिक्षाको पुरानो महिमा स्थापित गर्ने कुनै उपाय छैन
अभेद्य चरित्र भएका शिक्षक अब रहेनन्
मूल्य प्रणाली बचाउन, थोरै शिक्षकहरूको प्रयास अहिले जारी छैन
नयाँ पुस्ताका लागि शिक्षक अब रोल मोडल रहेनन्
उनीहरूले सफ्टवेयर, इन्टरनेट, एआईलाई एउटै भाषामा राख्छन्
देशमा डिग्री र प्रमाणपत्र बेचबिखन सामान्य छ
कोचिङ संस्थाहरूले विद्यार्थीहरूलाई अण्डा दिने कुखुराको रूपमा व्यवहार गर्छन्
एआई संचालित मेसिनको विपरीत शिक्षकहरूलाई सजिलै घूस दिन सकिन्छ
धेरैजसो शिक्षकहरू आफ्नै सिकाइ बढाउन रुचि राख्दैनन्
समग्रमा अधोगतिले अहिले शिक्षण पेशालाई पछाडि धकेलिएको छ

शिक्षकहरूले पुरानो गौरवशाली पुरस्कार शिक्षकहरूको पुन: स्थापनाको लागि काम गर्नुपर्छ।

50. शिक्षकहरूको लागि पनि घरबाट परोपकार सुरु हुन्छ

शिक्षक न त पुजारी न त व्यापारी नै
तिनीहरू पनि कोचिङ विक्रेताहरू छैनन्
शिक्षकको नैतिक स्तर खस्कँदै गएको छ
सहरमा अधिकांश शिक्षकलाई सम्मान हुँदैन
तिनीहरू आफैले आफ्नो महिमाको मुकुट बेचे
शिक्षक पनि पैसा चाहिने मान्छे हुन्
तर पैसा कमाउनको लागि, तिनीहरूले टूर्ना गुमाउनु हुँदैन
मह संकलन गर्ने जिम्मेवारी उनीहरुकै हो
यदि यो सार्न गाह्रो छ भने, तपाईंले यात्रा लिनु हुँदैन
मृगौला सिकाउनमा नैतिकता, नैतिकता, इमान्दारिता महत्वपूर्ण हुन्छ
शिक्षकको पुरानो महिमा कसैले पुनर्स्थापित गर्न सक्दैन, उनीहरूले गर्नुपर्छ
उनीहरुसँगै उनका लाखौं विद्यार्थी पनि जानेछन्
शिक्षकहरूले नैतिक र नैतिक मूल्य प्रदान गर्न नेतृत्व लिनुपर्दछ
बिस्तारै बिस्तारै सम्पूर्ण समाजले ध्यान दिनेछ र अनुसरण गर्नेछ
अरूले निल्न अघि, परोपकार घरबाट सुरु गर्नुपर्छ।

५१.गान्धीले ईश्वरलाई भने अल्लाह एउटै हो

भगवान अल्लाह हो, अल्लाह भगवान र कृष्णन हो

ईश्वर, अल्लाह, राम एउटै ईश्वरको नाम हो

फरक नामको लागि, अगमवक्ताहरूलाई हामीले दोष दिनु पर्छ

हामीलाई सर्वशक्तिमानको वास्तविक नाम थाहा छैन

उनको जन्म प्रमाणपत्रमा उनको नाम प्रमाणित गर्न सान्दर्भिक छ

उनको बायोमेट्रिक्स पनि चट्टान जीवाश्ममा उपलब्ध छैन

अँध्यारो ऊर्जा जस्तै, भीख माग्न देखि उनी अदृश्य थिए

शारीरिक ईश्वर मानव मनको कल्पना मात्र हो

डायनासोरको जीवाश्मको विपरीत कुनै शारीरिक ईश्वरको जीवाश्म हामीले फेला पार्दैनौं

ऊ लुकेको होस् वा फरार, नतिजा एउटै हो

प्रहरीले समातेर ठगी गर्नेहरूले पनि त्यही खेल खेल्छन्

तर अहिलेसम्म सबै धर्मका पुजारीले उनको खोजी गर्न सकेका छैनन्

त्यसैले उनको नाममा अपराध, हिंसा, घृणाको शासन चलेको छ ।

52. अल्पसंख्यक समूह

भूत, वर्तमान र भविष्यका सबै ज्ञान त्यहाँ छ भनी दाबी गर्दै तिनीहरू पवित्र पुस्तकमा अडिग छन्

अर्को समूहले अवधारणालाई अस्वीकार गर्‍यो र परिवर्तनको कानूनलाई उचित रूपमा स्वीकार गर्‍यो

अल्पसंख्यक समूहलाई अविश्वासी र तिनीहरूको बेवफाईको लागि अभियोग लगाइएको थियो

अधिकांश अविश्वासीहरूलाई मरुभूमि र आफ्नो मातृभूमिबाट बाहिर फालियो

तर तिनीहरूले सयौं वर्षदेखि विश्वास गरेका सत्यको रक्षा गर्छन्

विश्वासीहरूले संसारभरको मनोवृत्ति र मानसिकता परिवर्तन गर्न तरवारको प्रयोग गरे

विभिन्न देशहरूमा धेरै विनाश र नरसंहार र विश्वास प्रकट भयो

एउटै पुस्तकको अवधारणाले ब्रह्माण्डको हरेक ज्ञान बलपूर्वक बेचेको हुन्छ

परिवर्तनमा विश्वास गर्ने सानो समूहको दुःख र पीडाको इतिहास अधुरो छ

विज्ञान र प्रविधिको साथ, सानो समूह अब रूढ़िवादी प्रतिरोध गर्न सक्षम छ

अचम्मको कुरा, विश्व समुदाय आत्मघाती बम आक्रमण असहिष्णु खेलाडीहरूको डरले टाढै छ।

53. राम्रो भोलिको लागि प्रविधि

प्रविधिले गरिबी र भोकमरी उन्मूलन गर्न सकेन

हजारौं आणविक हतियार निर्माण गर्नु गल्ती हो

निर्दोष मानिसलाई मार्न नयाँ प्रविधिहरू आविष्कार गरिन्छ

प्रविधिको माध्यमबाट निहत्था मानिसलाई मार्न सरल छ

प्रविधिको अत्याधिक कारणले गर्दा सभ्यता पङ्गालु हुन सक्छ

यद्यपि, प्रविधिहरू नभएको भए हामी अन्धकार युगमा हुने थियौं

संसारमा हरेक नयाँ आविष्कारले सधैं नयाँ पृष्ठ खोल्छ

हामीले प्रविधि कसरी प्रयोग गर्ने भन्ने कुरा मानिसको रोजाइमा भर पर्छ

हत्याका लागि सञ्चार प्रविधिको प्रयोगमा राष्ट्रहरूले संयम अपनाउनुपर्छ

आगो, पाङ्ग्रा, कम्प्युटरको प्रविधि सधैं राम्रो भोलिको लागि

अनैतिक प्रयोगका लागि प्रविधिको दुरुपयोगले दुःख ल्याउँछ।

54. ब्ल्याक बक्समा नबस्नु राम्रो

मानक धर्मको ब्ल्याक बक्समा नराख्नु राम्रो

हिन्दू, इसाई, इस्लाम, बौद्ध धर्मले एउटै धारणा राख्छन्

सबै एउटै ईश्वर परिकल्पना र आचरण संग विकसित

अहिलेको अराजक सामाजिक विश्व व्यवस्था उनीहरुको उपज हो

मानवजाति र जीवित राज्यको लागि सँगै काम गर्नुको सट्टा

धर्महरू आफ्नो जग्गा विस्तार गर्न आपसमा झगडा गर्छन्

मानवताको लागि साँचो भावना र भ्रातृत्वका साथ उनीहरूले विरलै काम गरे

नयाँ पुस्तालाई ब्ल्याक बक्सबाट बाहिर निस्केर नयाँ बाटोको लागि सोच्न दिनुहोस्

खुला मानसिकता मार्फत धर्मको एकीकरण नयाँ गणित हो

पछाडिको बाकस भित्र, वफादारहरू आफ्नो धर्मलाई उत्तम रूपमा अडिग रहनेछन्

टेक्नोलोजीको साथ आधुनिक नयाँ अवधारणाले परीक्षण गर्ने मौका पाउनेछैन।

55. जहाँ मन डरले भरिएको हुन्छ

जीवनको हरेक हिडाइमा, मेरो मन डरले भरिएको छ

धर्मको यो दुनियाँमा कोही प्रिय छैन

दिउँसो पनि एक्लै हिड्न डर लाग्छ

जुनसुकै पल, जहाँ पनि, म बाटोमा लुट्न सक्छु

कसैले मेरो सेल फोन प्रयास गर्नेछ, कसैले मेरो सुनको चेन

पानी पर्दा छातामुनि भए पनि म असुरक्षित छु

ट्रेनमा स्लीपर क्लास यात्राको बारेमा कुरा नगर्नुहोस्

जंगलमा एक्लै हिड्दा मान्छेसँग बढी डर लाग्छ

एक होमो सेपियन्स अचानक देखा पर्न सक्छ, यदि मैले सक्छु भने मैले आफूलाई बचाएको छु

राति म मध्यरातमा एक्लै हिड्ने सोच्न सक्दिन

आफूलाई बचाउन र लड्ने हतियार नभएसम्म

न्युयोर्क शहरमा पनि, रातमा, सम्भव छ

निष्पक्ष लिङ्ग कुनै पनि अपरिचित व्यक्ति द्वारा दुर्व्यवहार वा उत्पीडन हुन सक्छ

रातको समयमा पनि बाइकमा यात्रा गर्दा उनीहरुका लागि खतरा हुन सक्छ

विश्वका अधिकांश मानिसहरू धार्मिक सीमाभित्र बस्छन्

तर, यथार्थमा तथाकथित पुजारीहरुको व्यवहार र व्यवहारले पनि भ्रममा परेको छ

तेस्रो विश्वका धार्मिक देशहरूमा पनि खाद्य पदार्थ सुरक्षित छैनन्

मिसावट र जनतालाई ठग्ने हरेक पसलमा ठगिएका छन्

मेरो पैसा बैंकमा पनि सुरक्षित छैन, नगद कसरी बोक्ने ?

मसँग भएको क्रेडिट कार्ड ठगी, मेरो दिमागमा अझै ताजा छ

कुम्भमेलाको भीडमा पनि मेरो मन डरले छ

म मन्दिरहरूमा यात्रा नगर्न रुचाउँछु, स्वतन्त्र रूपमा एकल सोच्दै।

56. के गुवाहाटी जलिरहेको छ

(सेप्टेम्बर 23/09/2024 मा रेकर्ड गरिएको उच्चतम)

वसन्त सेप्टेम्बरमा गुवाहाटी जलिरहेको छ
घाँसमा परेका शीतको थोपा हामीलाई अझै याद छ
बाढी र धूलो आँधीको पीडा पछि
अहिले ४० डिग्रीमा गुवाहाटीको पानी पनि तातो छ
सेतो चमेलीहरू अहिले सहरमा छैनन्
सहरका नागरिकका लागि प्रकृतिले दया देखाएको छ
गुवाहाटी पहिले नै प्रदूषित सहर हो र बस्न योग्य छैन
सहरमा धेरै मानिसको बसोबास अहिले सम्भव छैन
अत्यधिक गर्मीले तापमानमा उतारचढाव ल्याउन सक्छ
जाडो महिनाहरूमा धेरै थुप्रोले धेरै अनौठो परिस्थितिहरू सिर्जना गर्दछ
अहिले गुवाहाटी चरम गर्मीको लहरमा जलिरहेको छ
बीसौं शताब्दीको हाम्रो प्यारो गुवाहाटीलाई कसरी बचाउने?

57. गर्मी लहर

अहिले प्रकृतिले आफ्नो रौनक देखाइरहेको छ
मानिसले माफी माग्नु पर्छ
तापक्रम हरेक वर्ष बढिरहेको छ
तर विनाशको लागि, मानिसहरू डराउँदैनन्
होमो सेपियन्सका लागि कंक्रीटको जंगल प्रिय छ
प्रत्येक नागरिकको लागि आवास आवश्यक छ
रुख काट्दा कहिल्यै प्रतिरोध हुँदैन
मानिसले पारिस्थितिक सन्तुलन नराम्ररी नष्ट गरेको छ
अन्य जीवनका लागि आमा प्रकृति अहिले रिसाएको छ
मरुभूमिमा फ्ल्याश बाढी एक पटक अविश्वसनीय
प्रकृतिका लागि कागजी डुङ्गा जस्ता कारहरूलाई धकेल्नु सम्भव छ
मानिसले प्राकृतिक पहाडलाई नष्ट गर्न सक्छ, आरामको लागि बाँधहरू बनाउन सक्छ
विनाशकारी शक्तिहरू सन्तुलित गर्न, यसको आफ्नै पाठ्यक्रम, प्रकृति रिसोर्ट।

58. ग्लोबल वार्मिंग रोक्नको लागि प्रार्थना गरौं

हामी बाल्यकालमा पानीको लागि भगवानलाई प्रार्थना गर्थ्यौं

ईश्वरीय परिकल्पनाले हामीलाई सिकाएको छ कि परमेश्वरको इच्छा मुख्य हो

हरेक घरमा चिच्याउने, भगवान परिकल्पना रेल

वर्षा आयो भने श्रेय सर्वशक्तिमानलाई जान्छ

तर पानी परेन भने जनताले चुपचाप भुल्छन्

भगवान परिकल्पना अनुसार, उहाँ ग्लोबल वार्मिंगको लागि जिम्मेवार हुनुहुन्छ

उनले वातावरण र पारिस्थितिकीलाई द्रुत रूपमा परिवर्तन गर्न निर्देशन दिए

विकासलाई दोष दिनु भन्दा, यो पनि भगवानको इच्छा हो

ग्लोबल वार्मिङ रोक्नको लागि, सूर्यमुनि हामीले उहाँलाई उहाँको निहुरको लागि प्रार्थना गर्नुपर्छ

उसलाई होमो सेपियन्स र संसारको बारेमा आफ्नो योजना मात्र थाहा छ

उसको इच्छा र योजना अनुसार संसारमा सबै कुरा खुल्छ

उसलाई सन्तुष्ट पार्ने बाटो, कुनै अगमवक्तालाई उसले बताएको हुन सक्छ।

59. नयाँ विचार सिर्जना गर्नुहोस्

हामी पुरानो धर्मको कारणले होइन घरमा सुरक्षित छौं
न त धार्मिक मूल्यमान्यता र नैतिकताका कारण हामी सुरक्षित छौं
सर्वशक्तिमान सर्वशक्तिमानको कारणले पनि हामी सुरक्षित छैनौं
गणतन्त्रले बनाएको कानुनले गर्दा हामी सुरक्षित छौं
हाम्रो सम्पत्ति भगवान वा उहाँको सजायको डरले सुरक्षित गरिएको छैन
बरु प्रहरीको डरले हाम्रो ज्यान, सम्पत्ति सुरक्षित हुन्छ
केही दिनको लागि पुलिस र सेना हटाउनुहोस् र परिणामहरू हेर्नुहोस्
जताततै लुटपाट, हत्या र अनियन्त्रित भीड हुनेछ
जुनसुकै बेला अति धार्मिक मानिस पनि लुटिन्छन्
भगवान र धार्मिक मूल्यहरु को लागी डर आजकल कुनै स्थान छैन
मानिसको डरले भगवान कतै लुकेर बसेको होला
ईश्वरीय परिकल्पनासँगै साम्यवाद पनि असफल भएको छ
धेरैजसो धार्मिक देशहरूमा लोकतन्त्र पटरीबाट खसेको छ
एउटै समाधान भनेको आउट अफ बक्स भिजनको साथ नयाँ परिकल्पना हो
यसका लागि हामीले नयाँ पुस्ताबीच विचार निर्माण गर्नुपर्छ ।

60. मूल कारण विश्लेषण

मानिसहरूले मूल कारण विश्लेषण मन पराउँछन्

किनभने यसले सधैँ सत्यलाई बाहिर ल्याउँछ

सत्य अधिकांश अवस्थामा कठोर र तितो हुन्छ

यसले सज्जनहरू लगाएको मास्कको स्याउ कार्टलाई पटरीबाट हटाउँछ

धेरै ब्रुटस सार्वजनिक सूचनामा बाहिर आए

यथार्थ खोज्ने कोलाहल छ

तर हरेक पटक, जताततै, सत्य एकान्त रहन्छ

समाजको हरेक अंगले आफ्नो कारणले सत्यलाई गाड्न चाहन्छ

अन्तमा, सत्यलाई देशद्रोहको रूपमा पर्दा पछाडि धकेलिन्छ

तुरुन्तै प्रकट भएको सत्यको न्यायको लागि आन्तरिक मूल्य हुन्छ

वर्षौं पछि, छलफलको लागि यसको मूल्य छ, ध्यान दिन आवश्यक छैन।

61. सत्यलाई कसैले चुप लगाउन सक्दैन

तपाईं डिजिटल मिडियामा ब्लक गरेर सत्यलाई मौन गर्न सक्नुहुन्न

तपाईं हिलो पानीको पोखरीमा घामलाई गाड्न सक्नुहुन्न

संसारले धेरै प्रलय देखेको छ

यो समय हो कि हामी सही बोल्छौं र सत्यलाई बाहिर निकाल्न अनुमति दिन्छौं

एक्काइसौं शताब्दीमा अधिकांश मानिसहरूलाई सत्य थाहा छ

तर तिनीहरूको अन्तस्करण गलत र गलत खुट्टामा थियो

यदि बुद्धिजीवीहरु अगाडि आएनन् भने

मानवताको लागि, विनाश इनाम हुनेछ

म सधैं कुदाललाई कुदाल र चोरलाई चोर भन्नेछु

नक्कली समाजहरू बीचमा भए पनि, यसले दुराचार सिर्जना गर्दछ

मध्ययुगीन उमेरको आफ्नो रंगीन चश्मा हटाउनुहोस्

आधुनिक संसारको इतिहासमा नयाँ पृष्ठ लेख्ने प्रयास गर्नुहोस्

जब तपाईं कालो बक्सबाट बाहिर हुनुहुन्छ र क्षितिजमा टाढा हुनुहुन्छ

तपाई सत्य बोल्ने नेटिजनलाई रोक्न जाँदै हुनुहुन्छ।

62. आफ्नो योगदान साझा गर्नुहोस्

मानिसको डीएनए पाउन्ड बुद्धिमान पेनी मूर्खको रूपमा विकसित भयो
त्यही भएर कहिलेकाहीँ मान्छे कम र कहिले बुलिश हुन्छ
जारी राख्नको लागि युद्ध मानसिकता डीएनए कोडमा सम्मिलित छ
युग र सभ्यताले मात्र युद्ध स्थल परिवर्तन गर्छ
युद्ध बिना, मानव मानसिकताले सभ्यताको विकास गर्न सक्दैन
युद्धको क्षमता र प्रविधि मानिसले परीक्षण गर्नुपर्छ
धनु-बाणदेखि तरवारसम्मको प्रगति सुस्त थियो
बन्दुक र गोलीको आविष्कारसँगै युद्धक्षेत्रमा चमक आयो
आणविक हतियारले दोस्रो विश्वयुद्धमा आफ्नो शक्ति देखाएको थियो
तेस्रो विश्वयुद्धको बारेमा कसैलाई थाहा छैन र यो कति टाढा छ
युद्धको सानो ट्रेलर सधैं यहाँ र त्यहाँ जारी रहनेछ
तैपनि शान्ति र भाइचाराको लागि, तपाईंको योगदान साझा गर्न प्रयास गर्नुहोस्।

63. अक्टोबर क्रूरता

कोही मानिस ज्ञानको लागि एउटै पुस्तकमा केन्द्रित भए
प्रविधि र विकासको परिवर्तन अरूले स्वीकार गर्छन्
नतिजा अब मध्ययुगीन दिनहरु भन्दा बिल्कुल फरक छ
अल्लाहलाई धन्यवाद, उहाँले सूर्यलाई माटोमुनि राख्नुभयो र तिनीहरूको लागि किरणहरू छैनन्
उधारो प्रविधिको साथ, तिनीहरू अझै पनि आक्रामकता जारी राख्छन्
आधुनिक प्रविधिबाट उनीहरुको मेरुदण्ड नष्ट गर्नु नै समाधान हो
अरूको दबाबमा कमजोर हुनु हुँदैन
विश्वलाई आतंकवादको पूर्ण उन्मूलन आवश्यक छ
अप्रभावित देशहरूले शान्ति र शान्तिको लागि भन्नेछन्
तर अक्टोबर क्रूरतामा अधिकांश देशहरू मौन थिए।

64. मानवताको लागि राम्रो कुरा भयो

संसारबाट, इजरायलले केहि खराब तत्व हटायो
तर पनि उनीहरुको बहादुरीको प्रशंसा गर्न कतिपय देशहरु मौन छन्
बहादुर यहूदीहरूको कारणले गर्दा, संसार अब राम्रोसँग सुत्न सक्छ
इजरायली नायकहरूको उत्कृष्ट काम समयले बताउनेछ
बाँकी आतंकवादीहरूलाई पनि इजरायलले मार्नुपर्छ
इजरायली सेनाले आफ्नो युद्ध अभ्यास जारी राख्नुपर्छ
भारतले उनीहरूलाई सामग्री र सीपको साथ सहयोग गर्नुपर्छ
अर्थोडक्स मानिसहरूको विकृत डीएनए कहिल्यै परिवर्तन हुँदैन
त्यसैले सर्जिकल स्ट्राइक र युद्धले मानवजातिको व्यवस्थापन गर्नुपर्छ ।

65. धन्यवाद, भगवान,

धन्यवाद, भगवान, अल्लाह वा मानिसहरूले जुन नामले बोलाउँछन्,

यस पटक मध्य पूर्व राष्ट्रहरूमा, तपाईंको प्रतिक्रियाहरू सानो छन्

सोह्र सय वर्ष पहिले, तपाईंले यहूदीहरूलाई बचाउन कहिल्यै प्रयास गर्नुभएन

दोस्रो विश्वयुद्धको समयमा पनि तपाईंले तिनीहरूको रोदन र आवाज कहिल्यै सुन्नुभएन

अहिले संसारभरि, तिनीहरूको संख्या धेरै कम छ

तर बाँच्नको लागि, तिनीहरूले आफ्नै बाटो लिए र मिस कल नगरेका छन्

उनीहरूले पुरानो गल्ती फेरि एकपटक दोहोर्याउने छैनन्

यदि तिनीहरूले त्यसो गरे, तिनीहरूले आफ्नो पहिचान कायम राख्न सक्षम हुनेछैनन्

धन्यवाद, भगवान, असहिष्णु मानिसहरूको पक्ष नलिनु भएकोमा

यहूदीहरूले महसुस गरेका छन् कि अपराध भनेको तपाईंको नियम सरल रक्षा हो।

66.के लेबनान एक सार्वभौम देश हो?

लेबनान एक सार्वभौम देश हो वा आतंकवादीहरूको कठपुतली
लेबनानबाट विद्रोहीहरू विरुद्ध कुनै प्रतिरोध थिएन
इजरायललाई विनाकारण विद्रोहीहरूले युद्ध गर्न बाध्य पारेको छ
लेबनानले स्थायी समाधानका लागि सक्रिय कदम चाल्नुपर्छ
लेबनानले इजरायलसँग सम्झौता गरेर विद्रोहीहरूलाई पछाडि धकेल्नुपर्छ
तब मात्र स्थायी शान्तिको सम्भावना हुन्छ
गाजा र लेबनानमा विद्रोहीहरूको पूर्ण निशस्त्रीकरण मात्र समाधान हो
अरब देशहरूले तुरुन्तै तिनीहरूलाई कुनै पनि हतियार बन्द गर्नुपर्छ
अमेरिकाले इजरायललाई हृदयदेखि समर्थन गर्न सही काम गरिरहेको छ
अमेरिकाको नयाँ राष्ट्रपति आएर व्यक्तिगत रूपमा समस्या समाधान गर्न दिनुहोस्।

67. अचानक

मानिस एक पटक मर्नु भनेको सदाको लागि हराउनु हो
स्वर्ग वा नर्कबाट कोही पनि फर्केको थिएन
न राम, बुद्ध, न येशू न मुहम्मद
मृत्यु भनेको तपाईं जतिसुकै शक्तिशाली भए पनि अन्त्य हो
अर्बौं खर्च गरेर पनि एउटै शरीर लिएर कोही फर्कन सक्दैनन्
पुनर्जन्म, आत्मा र अवतार सबै मिथक र विश्वास हो
वातावरणीय कारक र शिक्षा द्वारा हाम्रो दिमागमा तार
स्वर्ग र पुनर्जन्मको आशा लिएर सबै मर्छन्
अरबौंको मृत्युको विगतको रेकर्ड थाहा पाउँदा पनि
मायालु स्वर्ग र पुनर्जन्ममा, धेरैले यो जीवन बर्बाद गर्छन्
पुनर्जन्म र स्वर्गको काल्पनिक संसारमा नबस्नुहोस्
मृत्युको बारेमा मात्र सत्य यो हो कि यो अचानक आउँछ।

68. म मेरो लागि ब्रह्माण्डको केन्द्र हुँ

वैज्ञानिकहरूले पत्ता लगाएको प्रोटोन, न्युट्रोन र इलेक्ट्रोन म नै हुँ

कार्बन, अक्सिजन, हाइड्रोजन र नाइट्रोजन तत्व म हुँ

म ब्रह्माण्डमा उपलब्ध यी सबै चीजहरूद्वारा निर्मित हुँ

म कुरा हुँ; म प्रकृतिमा ऊर्जा र द्वैत हुँ

तर म आधारभूत कणहरूको बन्डल मात्र होइन

मसँग मेरो आफ्नै मन र अद्वितीय चेतना छ

त्यसैले, म आधारभूत कण हुँ, तर म फरक छु

अनन्त ब्रह्माण्डमा, मेरो लागि, म केन्द्र

म मेरो लागि पर्यवेक्षक हुँ र म बिना ब्रह्माण्डको अस्तित्व छैन

यद्यपि, मैले प्राकृतिक नियम र अनिश्चितता सिद्धान्तद्वारा शासित छु

मेरो तरंग कार्य वा भौतिक शरीर कुनै पनि क्षणमा पतन हुन सक्छ।

69. स्वचालन मार्फत शान्ति

स्वचालन मार्फत विश्व शान्तिको लागि एक व्यक्ति संघर्ष गर्दैछ
राम्रो स्वचालन प्रविधि कसैले प्रस्ताव गर्दैन
उनले अरबी मरुभूमि र सुख्खा जमिनमा वर्षा ल्याए
मरुभूमिमा धेरै बोटबिरुवा र जडीबुटीहरू अहिले बालुवामा छन्
इजरायल र नेतान्याहुको सेनासँग सबै उभिनुपर्छ
प्रकृतिले लाखौं वर्षसम्म विकासको माध्यमबाट स्वचालन गरेको थियो
मानव मस्तिष्कको स्वचालनको लागि, प्रकृतिले समाधान दिनेछ
शान्ति बिना स्वचालन प्रक्रियाहरू सुस्त हुन्छन्
यदि युद्ध समाप्त भयो भने, सभ्यता चम्कनेछ
अन्यथा, स्वचालन, तेस्रो विश्व युद्धको औंला हुनेछ
उत्तम स्वचालनको साथ पनि, विनाश ढिलो हुनेछैन।

70. समय को डोमेन

भूत, वर्तमान र भविष्य क्वान्टम संसारमा एक साथ प्रकट हुन्छ

तीनवटै घटना क्षितिज अविरलताका साथ प्रकट हुन्छन्

कति अचम्म लाग्छ आफ्नै जन्म देखेर आमाले भोग्नुपरेको पीडा

हाम्रो मृत्यु हुनु अघि हाम्रो अन्त्येष्टि मार्चमा को को छन् भनेर जान्न हास्यास्पद हुनेछ

भन्दा पनि मानिसहरूले समय डोमेनमा भइरहेको परिवर्तन गर्न सक्षम नहुन सक्छ

अन्यथा, जीवनको अस्तित्व टिकाउन असम्भव हुनेछ

मानिसहरूको लागि जीवन हामीलाई अज्ञात अचम्मको भूमिमा जीवन हुनेछ

तर हामी त्यो भन्दा पहिले मर्नेछौं, हामी पक्कै पनि सुन्दर बस मिस गर्नेछौं

अन्य जीवित प्राणीहरू मानव आवश्यकताहरू पूरा गर्न कठपुतली र दास मात्र हुनेछन्

नत्र अहिलेको समयमा पशुहरुले पनि यस्तै कर्म गरिरहेका छन्

बिरालोलाई एउटै बाकसमा राखेर भगवान आफ्नो स्थिति जान्नको लागि पिंजरामा राखिनेछ

भगवानको लागि, अपमानको सामना गर्नुको सट्टा, संसारको विनाश उत्तम समाधान हो।

71. एक लेखकले एक्लै शान्ति ल्याउन सक्दैन

शैतानिक पदहरूले संसारमा शान्ति ल्याउन सक्दैन, लेखकले एउटा आँखा गुमाए

अरबको मरुभूमिमा तरवार जत्तिको कलम कहिल्यै शक्तिशाली थिएन

डर मनोविकृति सिर्जना गर्न गैर-विश्वासीहरूलाई अनियमित रूपमा मारिएको थियो

र साम्राज्य तरवारको शक्ति मार्फत विस्तार भयो

तर अन्तमा, साम्राज्य नयाँ सोचको प्रतिरोध गर्न असफल भयो

प्रविधि द्रुत गतिमा सारियो र प्रलय भयो

तैपनि, सत्यका अग्रदूतहरू बदमाशहरूसँग लड्न फेरि एकजुट भए

मानिसहरूको सानो समूह, एक पटक बाहिर फ्याँकिएको, कट्टरपन्थी लडाइयो

प्रत्येक पल्ट शान्ति प्रयास विफल भयो

र सानो राष्ट्रसँग सिङले गोरु लिनुको विकल्प छैन

आफ्ना मानिसहरूको हत्याको लागि तिनीहरूले पनि एकसाथ शोक गरे

अब गुण्डाहरुलाई सम्झनु पर्ने पाठ सिकाउनु पर्छ

विश्वमा शान्तिका नेतालाई सदैव स्मरण रहोस्।

72. सभ्यताको उदय र पतन

सभ्यताको उदय हुन्छ, सभ्यताको पतन हुन्छ
जब समय आउँछ, फोन दिन्छ
सभ्यता ठूलो वा सानो हुन सक्छ
प्रविधि परिष्कृत र अग्लो हुन सक्छ
यद्यपि यो रूसी बल जस्तै फुट्न सक्छ;
संसार अहिले आणविक मिसाइलले भरिएको छ
जमिन मुनि धेरै मृत जीवाश्महरू
वर्तमान सभ्यता एक दिन भित्रै लोप हुन सक्छ
आफ्नो कुरा कसैले बोल्न पाउनेछैन
नयाँ किरण संग नयाँ सभ्यता उदय हुनेछ;
लाखौं वर्ष पछि, नयाँ परिकल्पना आउनेछ
तर यो सभ्यता सदाको लागि लोप भयो
नयाँ प्रजाति विभिन्न चक्र र पालो संग देखा पर्नेछ
तिनीहरूको आफ्नै डार्विन, न्यूटन र आइन्स्टाइन हुनेछ
सभ्यता जहिले पनि आउँछ र जान्छ।

73. बोगीले मानवतालाई कल गर्दछ

होलोकास्ट सुरु हुँदा संसारले सुरुमा आँखा चिम्लियो

लाखौं निर्दोष यहूदी र बालबालिकाको हत्या गरियो

अन्ततः लामो संघर्षपछि उनीहरुले मातृभूमि पाए

तैपनि उनीहरूलाई निकाल्ने मानिसहरू आज पनि मिल्छन्

बिना उत्तेजना यहूदीहरूको मातृभूमिमा बमबारी गरियो

निर्दोष मानिसहरूको हत्या, शत्रु अरबहरू समाधान मान्छन्

फेरि, र फेरि महिला र जवान केटीहरू अपहरण

बाटो देखाउने अगमवक्ताले झैं बलात्कार गरे

शान्तिपूर्ण सहअस्तित्व मात्र समाधान हो जुन केही अरबहरूले स्वीकार गर्दैनन्

कहिले जीवन बचाउने, जब मानिसहरूले प्रतिरोध गरे, मानौं मानवता संकुचित।

74. शान्ति र मानवताका सिपाहीहरू

हे तिम्रो बहादुर आत्मा, एक दिन तिम्रो जित हुनेछ

तपाईं सत्य र प्रतिबद्धताको बाटोमा हुनुहुन्छ

तर अज्ञानता भएका दास व्यापारीहरूले सधैं हटाउने प्रयास गर्छन्

यस पटक तपाईं पछाडि हट्नु हुँदैन र आफ्नो कार्यहरूमा अडिग हुनु हुँदैन

असहिष्णुता र हिंसाको धर्म टिक्न सक्दैन

सत्यका योद्धाहरूले यस पटक इतिहासलाई क्रमबद्ध गर्नेछन्

भगवानको इच्छा भन्दै निर्दोष नाबालिगलाई कसैले बलात्कार गर्न पाउँदैन

यदि आवश्यक भएमा आणविक हतियारहरू शैतानहरूलाई मार्न प्रयोग गर्न सकिन्छ

अन्यथा, तिनीहरू फेरि मानव जातिलाई हानि गर्न भाइरसहरू जस्तै बढ्नेछन्

संसारभरका सबै तर्कसंगत मानिसहरू तपाईंको विजयको लागि प्रार्थना गर्दैछन्

आवश्यक भएमा प्रत्येक लोकतान्त्रिक राष्ट्रले शैतानहरूलाई नष्ट गर्न मद्दत गर्नेछ।

75. भारतको असमिया भाषा

असमिया ख्रीष्टको जन्म भएको भाषा हो
महाभारतका दिनहरूमा पनि यो बोलिन्थ्यो
असमिया भाषा असमको सुन्दरता जस्तै धेरै मीठो छ
भाषा पनि विविधता संग धेरै बहुमुखी छ
यसलाई विश्व स्तरमा देखाउनु हरेक असमियाको कर्तव्य हो
भारतको शास्त्रीय भाषाको रूपमा नामकरण पर्याप्त छैन
असमिया साहित्यलाई विश्व मञ्चमा राख्न अझै गाह्रो छ
बुकर र नोबेल पुरस्कारको बाटो सजिलो छैन, तर कठिन छ
भारत बाहिरका पाठकहरूको सूचनाको लागि अनुवाद अनिवार्य छ
अहिले सामाजिक सञ्जालबाट साहित्यको प्रचार प्रसार गर्न सजिलो भएको छ
बुद्धिजीवी बालबालिका मातृभाषामा पढ्न आउनुपर्छ
त्यसपछि मात्र असम भित्र, असमिया जनताको भाषाको रूपमा फैलिनेछ
सरकारले छाप लगाएर मात्र काम लाग्दैन
नयाँ पुस्ताले सिर्जनशीलता लिएर नयाँ साहित्य रचना हुँदैन ।

76. आज मनाउनुहोस्, भोलि काम गर्नुहोस्

हामीले प्राप्त गरेको मान्यताको लागि आज मनाउनुहोस्

तर त्यो उत्सवमा मात्रै टुङ्गिनु हुँदैन

अब यो असममा बस्ने सबैको कर्तव्य हो यसलाई कायम राख्नु

ग्लोबल एक्सपोजरको लागि हामीले असमिया भाषालाई उपयुक्त बनाउनु पर्छ

अनुगमन कार्य बिना, उत्सव क्षणिक हुनेछ

उत्सव मिडिया र पत्रपत्रिका इतिहासको रूपमा रहनेछ

उत्सवले सिर्जना गरेको गतिले नयाँ कथा सिर्जना गर्नुपर्छ

राजनीतिज्ञहरूका भाषणहरू तरंगहरू जस्तै मर्नेछन्

प्रत्येक लेखकले गति अपंग हुनु अघि कडा मेहनत गर्नुपर्छ

एक बुँदे एजेन्डा नयाँ आधुनिक साहित्य सिर्जना गर्नुपर्छ

सबै ढाँचाका पुस्तकहरू मात्रै असमिया भाषाको भविष्य सुरक्षित गर्न सक्छ।

77. W=mg विभिन्न धर्महरूको लागि फरक छैन

गुरुत्वाकर्षण बलहरू संसारभर एक समान छन्
सापेक्षताको सिद्धान्त, संसारभरि उस्तै रूपमा प्रकट हुन्छ
इजरायल, गाजा, लेबनान, भारत र पाकिस्तानमा बिजुली उस्तै छ
विज्ञानले भेदभाव बिना विश्वभर समान कानूनहरू छन्
तर धर्महरू भेदभावपूर्ण छन्, र विश्वासमा आधारित पक्षपातपूर्ण छन्
कुनै समान नियम वा कानून बिना स्वर्ग र भगवान को लागी लडाई
तथाकथित धर्मगुरुहरुले निर्दोषको हत्या गर्नु जायज पनि हो
उनीहरूसँग राम्रो भोलिको लागि कुनै वैज्ञानिक सोच छैन
युद्ध कहिल्यै पवित्र हुन सक्दैन किनकि यसमा मानव हत्या समावेश छ
तैपनि मानिसहरु मुर्ख बनेका छन्, आफ्नो धर्म अनुसार हत्या गर्नु पाप हो भन्ने बुझेर
त्यसैले शान्तिका लागि धार्मिक ब्ल्याक बक्सभित्र कुनै समाधान हुँदैन
अरबी मानिसहरूमा मध्ययुगीन युगको नक्कली कथाहरू कमजोर हुनु आवश्यक छ।

78. उहाँले (येशू) अन्धकारमा ज्योति देखाउनुभयो

अरबी मरुभूमिहरूमा जंगल नियमहरूको अन्धकारबाट

प्रेम, मानवता र दस आज्ञाहरू येशू सुरु हुन्छ

अज्ञानी मानिसहरूले उहाँलाई नबुझेर क्रूसमा टाँगे

तर उहाँले तिनीहरूको दया र आफन्तहरूको सुरक्षाको लागि प्रार्थना गर्नुभयो

उहाँका शिक्षाहरू अझै पनि मानवजातिलाई मार्ग देखाउनको लागि दयालु ज्योति हुन्

केही व्यक्तिहरूले अन्यथा सार्न खोजे र खोज्नको लागि राम्रो बाटो खोज्ने प्रयास गरे

चतुरले मानिसहरूलाई धोका दिन आफूलाई अन्तिम अगमवक्ता घोषित गरे

सधैं परिवर्तनशील ब्रह्माण्डमा कुनै पनि कुरामा यथास्थिति सरल छैन

येशू र उहाँका विचारहरूलाई निन्दा गर्न असम्भव छ, कसैलाई अपंग बनाउन

जबसम्म हामी सहिष्णु र सबैलाई माया गर्छौं, संसारले सबै समस्याहरू पार गर्नेछ।

79. गाजा र युक्रेन भग्नावशेषमा

भगवान एक गूंगा, बहिरा, अन्धा र असहाय प्राणी हुनुहुन्छ

तर भगवान बिना, मानवको कुनै राम्रो भविष्य छैन

परमेश्वरले अनादिकालदेखि नै यहूदीहरूको प्रलयलाई रोक्न असफल हुनुभयो

अब निर्दोषको हत्या रोक्न, भगवान पनि राजनीतिक बन्न पुगे

उनी गूंगा, बहिरा र अन्धो भएकाले शान्तिको साधन बन्न सक्दैनन्

भगवानले आफ्नो मस्जिद, चर्च वा मन्दिरको रक्षा गर्न कहिल्यै प्रयास गरेनन्

उनको शारीरिक अशक्त अवस्था सामान्य कारण हो

र शारीरिक रूपमा अशक्तहरूलाई सन्तुष्ट पार्न, मानिसहरूले समस्या सिर्जना गर्छन्

सबैभन्दा बलियो भक्तहरू पनि, भगवानको नाममा कहिल्यै नम्र व्यवहार गर्दैनन्

परमेश्वरले आगोबाट स्मार्टफोनमा प्रगति गर्नुभयो, तर गाजा र युक्रेन भग्नावशेष बने।

80. हलाल होस् या गैर हलाल, स्वाद एउटै हुन्छ

भेडालाई मानिस नामको जनावरले मासुको लागि मारे

मरेपछि भेडालाई कसरी मारियो भन्ने कुनै अर्थ रहँदैन

हलालको रूपमा भगवानको नाममा वा भगवानलाई प्रस्ताव बिना

हलाल वा गैर हलाल मासुको स्वाद समान रहन्छ

थुमा मार्न वा आफ्नो निर्दोष बच्चालाई बचाउन परमेश्वरको कुनै भूमिका छैन

मानिसले भगवान खुशी हुनुहुनेछ भन्ने सोच्छ, त्यो मूर्ख र जंगली हो

राम्रो छ कि गैर-अर्थोडक्स मानिसहरूले प्रक्रियालाई परेशान गर्दैनन्

तर कतिपय अन्धविश्वासीहरु अझै पनि अज्ञानी र अचेत छन्

धर्ममा सुधार र आधुनिकीकरणका लागि तर्क र तर्कले प्रवेश गर्नुपर्छ

यदि रूढिवादीहरूका बीचमा बुद्धिमानीहरूले कुनै सुधार गरेन भने, विनाशको आनन्द लिनुहोस्

81. धर्महरूलाई प्रारम्भिक सुधार आवश्यक छ

एक पटक तिनीहरूले परमेश्वरलाई सन्तुष्ट पार्न र उहाँको कृपाको लागि मानिसहरूलाई बलिदान दिए

ब्रिटिसहरूले भगवानको नाममा मानव बलिमाथि प्रतिबन्ध लगाउने कानून बनाए

तर मन्दिर र तीर्थस्थलमा पशुबलि दिने क्रम जारी छ

जनावरको रगत भएका केही देवीहरू पनि वाइन खान रुचाउँछन्

विधवाहरूलाई आगोमा मार्ने प्रथा पनि त्यागियो

तैपनि खाना बानीमा केही प्रतिबन्धहरू छन्

परिवर्तन आवश्यक छ भन्ने कुरा उनीहरूले अंग्रेजहरूसँग धेरै पहिले नै बुझेका थिए

त्यसैले देशको धार्मिक विभाजन स्वीकृत भयो

अर्थोडक्स जनतासँग अब ऋण तिर्न खानेकुरा र पैसा छैन

अर्थोडक्स धार्मिक देश चाँडै पतन हुन सक्छ

सभ्यताको विकासमा परिवर्तन ग्रहण गर्नेहरू मात्र बाँच्छन्

रुढीवादी जनताले मनोवृत्ति परिवर्तन गरेर सक्रिय हुनुपर्दछ

यस सहस्राब्दीमा धर्मको नाममा युद्धको कुनै स्थान छैन

सुधार र शिक्षाका लागि धार्मिक व्यक्तिहरूले कलेजियम गठन गर्नुपर्छ।

82. शान्तिको लागि को जिम्मेवार छ?

मानव समाजको यस्तो जटिल पारिस्थितिक प्रणाली
अनादिकालदेखि नै द्वन्द्व र युद्ध दिनहुँको क्रम हो
शान्तिपूर्ण सहअस्तित्व कति हुन्छ, कसैले भन्न सक्दैन
हजारौंको ज्यान लिने झगडा सुरु गर्न एउटा सानो झिल्का पर्याप्त हुन्छ
र विश्वयुद्धले बिना कारण लाखौंलाई सजिलै मार्न सक्छ
शान्तिको लागि जिम्मेवार को हो, रुस, अमेरिका वा इजरायल
वा तथाकथित शान्तिपूर्ण धर्महरूलाई नियन्त्रण गर्ने धार्मिक प्रमुखहरू
आम मानिसको जीवन बचाउनको लागि बंकर बाहेक कतै जाने ठाउँ छैन
संयुक्त राष्ट्र संघ अहिले कागजी बाघ बिनाको जीवन मात्र हो
आम जनता धर्म र राष्ट्रको भूभागका लागि पागल छन्
सुदूर भविष्यमा पनि शान्ति र द्वन्द्व समाधानको आशा छ
हुनसक्छ भावी पुस्ताले द्वन्द्वलाई जीवनको एउटा हिस्साको रूपमा लिनेछन्
प्रदुषण र प्रकृतिको प्रकोपसँगै बाँच्न बाध्य छन् ।

83. खुशीको पछि नलाग्नुहोस्

पुतलीलाई पक्रन र यसको सुन्दरताको आनन्द लिनको लागि त्यसको पछि नलाग्नुहोस्

कहिलेकाहीँ बगैँचामा उनीहरूलाई स्वतन्त्र रूपमा रमाइलोको लागि चुपचाप बस्नुहोस्

अचानक तिनीहरू मध्ये एक आउँछ र तपाईंको काँधमा आराम गर्नेछ

यदि तपाइँ यसलाई समात्न र समात्न प्रयास गर्नुहुन्छ भने, यो एक क्षणमा उड्छ

त्यसोभए, चुपचाप पुतलीको सुन्दरताको आनन्द लिनुहोस्

खुसी पनि उस्तै छ, त्यसको पछि दौडिएमा पक्रन सकिँदैन

यदि तपाईंले रमाइलो गर्दै सानो गतिविधि गर्नुभयो भने, खुशीले क्लिक गर्नेछ

चलचित्रको मजा लिनुले तपाईलाई केहि किन्नु भन्दा खुशी बनाउन सक्छ

आफ्नो शौक र मनपर्ने पत्ता लगाउनुहोस्, तपाईं साँच्चै रमाइलो गर्दै हुनुहुन्छ

खुसी कहिल्यै उतार चढाव बिना एक सीधा रेखा हो

दुःख र कठिन क्षणहरू बिना, खुशी वरिपरि हुनेछैन

सबैमा लागू हुने कुनै पनि पूर्ण सुख सूचकांक छैन

तपाईको आफ्नै मानसिकता र मनोवृत्तिले तपाईलाई खुशी कल दिन सक्छ।

84. प्रेमिका

उनी कति सुन्दर छिन्, तपाईंले मात्र महसुस गर्न सक्नुहुन्छ
उनको नीलो आँखाको सुन्दरता तपाईले व्याख्या गर्न सक्नुहुन्न
उसको सुगन्ध तिमी बाहेक अरु कसैले बुझ्न सक्दैन
ऊ वसन्त सेप्टेम्बरको शीत जस्तै कोमल छ
सारा संसारमा उनी थोरै मध्ये उत्कृष्ट छिन्
तर अचानक एक दिन भित्र सबै कुरा परिवर्तन हुन्छ
किनभने अरूसँगको सम्बन्ध पनि उसले नै व्यवस्थापन गर्छ
तपाईको साथीसँग तेस्रो व्यक्तिको अस्तित्व अस्वीकार्य छ
त्रिभुजको त्रिभुज अस्थिर र अस्थिर हुन्छ
जीवनको सबैभन्दा महत्त्वपूर्ण व्यक्ति असहनीय हुन्छ।

85. प्रेम

माया कहिले पुतली हुन्छ, कहिले रुन्छ
सम्बन्ध कहिले भिजेको हुन्छ कहिले सुख्खा हुन्छ
प्रेममा घमाइलो दिन र वर्षाका दिनहरू प्रायः आउँछन्
तर सम्बन्ध, सानो झगडाले समस्यामा पार्न सक्छ
दिनरात जस्तै जिन्दगीबाट मान्छे आउँछन् र जान्छन्
पूर्णिमा जस्तै, जीवनमा साँचो प्रेम सधैं उज्यालो रहन्छ
जब प्रेम आकाशमा सुन्दर चङ्गा जस्तै उडिरहेको हुन्छ
आफ्नो स्ट्रिङलाई दृढतापूर्वक, कुशलतापूर्वक र धेरै कडा समात्नुहोस्
एउटा सानो गल्तीले स्ट्रिङ खोस्न सक्छ
र यो आफ्नै अप्रतिरोध्य योद्धा राजा बन्ने उडान गर्नेछ।

86.म चिन्तित छु, के तपाई?

हावापानी र वातावरण मात्रै बदलिँदैन
मानिसको मन र सोचले परिवर्तन गरेको छ
के हामी राम्रो कि नराम्रो लागि परिवर्तन?
प्रगति विकासका लागि हो कि प्रकृतिको विनाश ?
मानव निर्मित सिमाना र विनाशको लागि किन द्वन्द्व ?
के यो आवश्यक छ, सबै वन विनाश र निर्माण?
तर म अन्योलमा छु र कुनै व्यावहारिक समाधान फेला पार्न सक्दिन
जनसंख्या वृद्धि र विकास को दोधारे तरवार
मातृभूमि र प्रकृतिलाई काटेर निरन्तर रगत बगिरहन्छ
मरुभूमिहरूले अभूतपूर्व वर्षा र बाढी देख्छन्
वर्षावनका जङ्गल र जनावरको बासस्थान सुक्खा हुँदै गएको छ
मानिस पशु द्वन्द्व जसको सिर्जना हो, सबैलाई थाहा छ
तैपनि हामीसँग प्रकृति बचाउने कुनै उपाय र माध्यम छैन
भविष्यमा तापक्रम बढेपछि के होला भन्ने चिन्ता छ
बढ्दो समुद्र र विनाशकारी वर्षाले मानव जीवन र संस्कृति परिवर्तन गर्नेछ।

लेखक लेखक

देवजित भुइँ

पेशाले विद्युतीय इन्जिनियर र हृदयबाट कवि, लेखक देवजित भुयान अंग्रेजी र आफ्नो मातृभाषा असमियामा कविता र गद्य रचना गर्नमा दक्ष छन्। विगत २६ वर्षको अवधिमा उनले ४५ भन्दा बढी भाषामा विभिन्न प्रकाशकहरूबाट प्रकाशित ७४ भन्दा बढी पुस्तकहरू लेखेका छन्। उनका सबै भाषामा प्रकाशित पुस्तकहरूको सङ्ख्या २०७ पुगेको छ र हरेक वर्ष बढ्दै गएको छ। देवजित भुइँका बालपुस्तकहरू र कमिक्सहरू बालबालिका र वयस्कहरू बीच धेरै लोकप्रिय छन्।

उहाँको बारेमा थप जान्नको लागि कृपया www.devajitbhuyan.com मा जानुहोस् वा उहाँको YouTube च्यानल @careergurudevajitbhuyan2024 हेर्नुहोस्।

www.ingramcontent.com/pod-product-compliance
Lightning Source LLC
LaVergne TN
LVHW041535070526
838199LV00046B/1680
9789367955840